Dr. Ernst Woll

Wahrheiten über den Umgang mit Tieren
Erzählungen und Kurzgeschichten

Inhalt

2009
Herstellung und Verlag: Books on Demand GmbH, Norderstedt
ISBN 9783839117446

Erklärung:
Die in den Erzählungen und Kurzgeschichten dargestellten Erlebnisse sind wahr; nur Personen- und Ortsnamen sind weggelassen oder verändert. Übereinstimmungen mit lebenden Personen und deren Vorfahren wären rein zufällig.

Das unergründliche Geheimnis des mürrischen Apothekers

Der Apotheker, der in den 1930er Jahren in unserer Kleinstadt lebte, war ein gefürchteter und böser Mann. Selbst sein eigener Sohn musste ihn mit *Sie* ansprechen. Er machte immer ein griesgrämiges Gesicht.
Dagegen hatte ich als Kind mehrmals beobachtet, dass er mit seinem Mischlingshund viel liebenswürdiger umging als mit den Menschen, die zu ihm kamen und denen er begegnete. Dem Hund gönnte er sogar manches freundliche Wort; ich konnte mir diesen Widerspruch nicht zusammenreimen.
Den Mann lernte ich in seiner Art so richtig kennen als ich einmal in der Apotheke Arzneien abholen musste. Ich erschrak schon beim Eintreten, weil beim Öffnen der Tür eine laute Klingel ertönte. In dem düsteren Raum, in den ich dann kam, wurde ich durch den Arzneigeruch fast betäubt. Im Vorraum standen zwar Stühle, aber ich hatte gehört, man dürfe sich dort nicht setzen, obwohl es immer sehr lange dauerte bis der Apotheker erschien. Ich besaß keine Uhr aber mir kam die Wartezeit unheimlich lang vor, mindestens eine Viertelstunde. Ich setzte mich deshalb, trotz bekannter Warnung, auf einen Stuhl. Als kurz darauf der Mann erschien, sprang ich sofort auf, aber er hatte mein unerlaubtes Tun bemerkt. Er fuhr mich

an, ob ich zu faul und zuchtlos wäre, um nicht anständig stehend auf sein Kommen warten zu können! Ich wurde ohne die Medizin fortgeschickt, sollte aber meinen Eltern berichten, dass er nur an gut erzogene Kinder Arzneien ausliefere. Außerdem forderte er mich auf ihnen zu sagen, sie mögen mich entsprechend bestrafen. Meine Eltern, besonders aber mein fortschrittlicher Großvater, waren empört über das Verhalten dieses Mannes, das ließen sie mir jedoch nicht so ganz deutlich spüren. Damals verlangte man von uns Kindern gegenüber Erwachsenen uneingeschränkten Respekt.

Mit dem Apotheker wollte sich in unserer Stadt auch niemand anlegen oder streiten und so ging meine immer verständnisvolle auf Friede und Eintracht bedachte Großmutter die Arznei abzuholen. Sie wagte sich in die Höhle des Löwen, obwohl stadtbekannt war, dass dieser Mann ausnahmslos alle Menschen unfreundlich behandelte und immer feindselig wirkte.

Ich machte mir also Gedanken darüber, wie kann jemand, der seine Tiere liebevoll behandelt, gegenüber Menschen, vor allem gegenüber Kindern, nur so böse sein? Allerdings hatte ich gesehen, dass er seinen Hund einmal sogar schlug und mit aller Macht zurück hielt, als dieser an einem großen Teich ins Wasser springen wollte. Ich vermutete, dass dies mit schlimmen Erlebnissen zusammen hing. Wenn jemand nicht schwimmen kann, hat er zwangsläufig Angst vor tiefen Gewässern. Aber der Apotheker als studierter Mann müsste doch eigentlich wissen, dass Hunde ganz ausgezeichnete Schwimmer sind. Da steckte bestimmt irgendetwas Geheimnisvolles dahinter. Das wollte ich ergründen. Ich war, seit ich denken kann, stets überaus neugierig. Ich quälte bei allem Zweifelhaften meine Umgebung mit der Frage: „Warum?" Dabei erinnere mich an die Worte meiner Großmutter, die mir damals immer und immer wieder sagte: „Du musst später, wenn du groß bist, studieren, dann weißt und erforschst du alles. Wissen ist Macht!" Das kapierte ich zwar als Kind nicht ganz, merkte aber in der Folgezeit, welch wichtige Lehre mir diese einfache Frau fürs Leben gegeben hatte.

Bei meinen Beobachtungen über den Apotheker und seinem Hund brachte mich ein weiteres Ereignis ins Grübeln. Während meiner Kindheit hatte es in unserer Kleinstadt einen schlimmen Badeunfall gegeben. Die 15jährige Tochter des Hufschmieds war in unserem neu eröffneten Sommerbad auf tragische Weise ertrunken. Sie konnte nicht schwimmen, hatte sich aber am Abend, nachdem das Freibad schon geschlossen war, dorthin begeben. Warum sie sich ins 3m tiefe Schwimmbecken wagte, konnte niemals eindeutig ermittelt werden. Jedenfalls fand man sie nach Stunden tot auf dem Wasser treibend. Uns Kindern wurden deshalb in jener Zeit mit großem Nachdruck die Gefahren vor Augen geführt, die von tiefen Gewässern ausgehen.

All diese Begebenheiten konnte ich lange nicht vergessen und als ich älter geworden war, fragte ich meinen Großvater, was den Apotheker wohl dazu veranlasste, immer mürrisch und unzufrieden zu sein. In der Stadt wurde nämlich gemunkelt, dass er etwas Schlimmes erlebt haben soll, über das aber niemand richtig bescheid wusste. Es sollte irgendwie mit einem ertrunkenen Kind zusammenhängen. Einem Ereignis, bei dem dem Apotheker eine gewisse Schuld zugeschrieben wurde. Mein Opa gab mir hierzu auch keine klare Antwort, sondern hatte wieder Sprüche parat und meinte: „Zwischen Wahrheit und Lüge ist ein schmaler Pfad" und „Üble Nachrede hat schon manchen vernichtet".

Die Apotheke, in der ich ehemals so ungerecht behandelt worden war, hatte Mitte der 1940er Jahre ein neuer Besitzer übernommen. Die Gerüchte über den alten unfreundlichen Mann verstummten nach und nach. Die Menschen mussten sich nun am Ende des Krieges auch mit anderen Problemen auseinandersetzen. Ich forschte aber, nun etwas älter geworden, immer noch nach der Ursache, warum dieser Mann, der auch mich so gedemütigt hatte, ein Tierfreund war, aber zum Menschenfeind wurde. Ich sagte deshalb meinem Opa, dass er doch jetzt offen über die ehemaligen Geschehnisse sprechen könnte, zumal die damals beteiligten Personen teilweise nicht mehr lebten oder weggezogen waren. Das lehnte er ab und meinte: „Ich kann durchaus verstehen, dass jemand mürrisch und verschlossen wird, wenn er ein schlimmes Erlebnis hatte oder ihm Unrecht widerfuhr. Der Apotheker kann kein ganz schlechter Mensch gewesen sein, denn seinen Hund hat er immer sehr ordentlich behandelt. Wenn er einst Böses tat, dann hat er das bestimmt bereut." In den folgenden Jahren gerieten auch bei mir diese Ereignisse in Vergessenheit, nachdem ich beginne meinen Urenkeln Geschichten zu erzählen, hole ich auch sie in meine Gedankenwelt zurück. Heute bin ich davon überzeugt, der Apotheker hielt seinen Hund gewaltsam davon ab ins Wasser zu springen, weil damit bestimmte Erinnerungen bei ihm plötzlich geweckt wurden. Welche wirklichen Ereignisse dahinter steckten kam nie ans Tageslicht.

Anton liebt Tiere und muss viele Ungerechtigkeiten ertragen

Mein Großvater erzählte mir Mitte der 1930er Jahre eine Geschichte, die mich damals als Kind sehr bewegte. Darin werden Ereignisse von Mitte des 19. bis Anfang des 20. Jahrhunderts dargestellt. Die Erlebnisse meines Opas, der damit manche Lebensweisheiten vermittelt, will ich aus meiner Erinnerung mit meinen Worten wiedergeben, sie sollen der Nachwelt nicht verloren gehen.

Der Mann, nennen wir ihn Anton, war in unserer Kleinstadt ein so genannter Zugezogener. Er hatte von einer Frau, die im hohen Alter von fast 90 Jahren ganz einsam gestorben war, ein kleines Häuschen geerbt und war dort allein mit zwei großen Hunden und mehreren Katzen eingezogen. Alle meinten bisher, die Verstorbene hätte keine Angehörigen oder Verwandten gehabt, aber der Bürgermeister fand in der Hinterlassenschaft einen Hinweis auf Verwandtschaftsbeziehungen. Es war nur eine einfache handschriftliche Notiz, in der die Frau vermerkt hatte: `Mit meiner Tochter und deren Familie, die wahrscheinlich im Ausland lebt und deren Sohn ein Kindsmörder war und im Zuchthaus ist , will ich selbst nach meinem Tode nichts mehr zu tun haben.´ Der Gemeindevorsteher wusste nun nicht ganz genau, musste er das Schriftstück als Testament behandeln, dann war nach diesen Menschen zu suchen. Oder hat sie mit der Niederschrift ihre leibliche Tochter und deren Nachfahren sogar enterbt? Weil ihm schon damals das ganze Erbrecht zu kompliziert war, übergab er nach einer langen und breiten Diskussion im Stadtrat alles dem fürstlichen Amtsgericht.

Den Behörden war es nach einigen Jahren gelungen, Anton als alleinigen noch lebenden Erben der alten verstorbenen Dame ausfindig zu machen. Er war aber nicht in Gefängnishaft und offiziell war nichts von einer Straftat bekannt. Lediglich durch die Niederschrift der verstorbenen Großmutter war das Gerücht in Umlauf gebracht worden. Anton nahm die Erbschaft an und schien froh zu sein, ein kleines Heim mit angrenzendem Garten als Auslauf für seine Tiere beziehen zu können.

Er kam mit ganz wenig Hausrat, der auf einem kleinen Pferdewagen Platz fand, eines Tages im Frühjahr in der Kleinstadt an. Die gesamte Nachbarschaft und viele Klatschweiber des Ortes beäugten offen oder versteckt, jedoch alle sehr neugierig, den Einzug dieses Mannes. Die Legenden um seine Vergangenheit waren nicht geheim geblieben, die Stadtväter hatten zu Hause und gegenüber Bekannten ihr Wissen oder Halbwissen weitergegeben; denn niemand kannte Genaueres über die mutmaßliche Tat, die ausschließlich aus den Notizen der verstorbenen Frau abgeleitet wurde. Mein Großvater kannte auch dazu wiederum zwei treffende Sprüche: „Das Geheimnis juckt auf der Zunge" und „Wer sein eigenes Geheimnis nicht bewahren kann, dem darf man kein fremdes anvertrauen".

Anton spürte in der neuen Umgebung, dass die Menschen ihm mit Misstrauen beäugten. Fremden wurde früher in den Dörfern, selbst wenn ihnen nichts nachgesagt werden konnte, immer erst mit großem Argwohn begegnet. Im Falle dieses angeblichen Kindesmörders kochte die Gerüchteküche und wo er auftauchte mieden die Menschen seine Nähe. Er suchte auch keinen Kontakt zu seiner Nachbarschaft und Umgebung. Sein Gesichtsausdruck blieb verschlossen und mürrisch. Beim Einkauf im Kolonialwarengeschäft, wo immer einige Frauen zusammenkamen, um auch über interessante Neuigkeiten zu schwatzen, geschah es oft, dass bei seinem Eintreten die Gespräche verstummten. Seit seinem Zuzug konnte man ihm aber nichts Schlechtes nachsagen. Er hatte eine schwere körperliche Arbeit im nahen Steinbruch aufgenommen und sorgte so für seinen Unterhalt, er benötigte keine fremde Hilfe.

Anton hielt seine Tiere ganz vorbildlich und ging jeden Abend mit seinen zwei Dobermännern über die Feld- und Wiesenwege spazieren. Er brauchte sie nicht an der Leine zu führen, sie gehorchten ihm aufs Wort.

Der von allen Bewohnern gemiedene Mann, der sich selbst auch abschottete, hatte also seine Hunde gut im Griff, das hatte mein Großvater schon mehrmals beobachtet. Als er ihn eines Tages beim Spaziergang begegnete sprach er ihn daraufhin an und es entwickelte sich eine Unterhaltung über die beiden Dobermänner, deren Folgsamkeit mein Opa lobte. Er stellte fest, die Gesichtszüge von Anton hellten sich auf und er erzählte schwärmerisch von seinen Hunden und Katzen, die ihm alles im Leben bedeuteten. Mein Opa, der immer gern den Dingen auf den Grund ging, bemerkte deshalb so ganz nebenbei: `Ja, seit ich die Menschen kenne, liebe ich die Tiere. ´ Da verfinsterte sich das Gesicht des Mannes wieder und er beendete recht unhöflich die Unterhaltung; er bemerkte auch, Trost brauche er nicht und die Menschen könnten ihm gestohlen bleiben.

Die Geheimniskrämerei über Anton erhielt neue Nahrung, weil mein Großvater nicht umhin konnte, seine Begegnung in der Gaststätte am abendlichen Stammtisch zu erzählen; dabei hob er auch das Positive, die Tierliebe dieses Mannes, hervor. Ein Teilnehmer der Runde, der größte Bauer im Ort, ein Angehöriger des niederen Adels und passionierter Jäger, äußerte sich sehr ungehalten über Anton und sagte: „Die Hunde dieses Kerls erschieße ich noch mal, wenn er sie am Waldrand wieder frei laufen lässt, die sollen mir nicht mehr die Rehe verscheuchen, die gerade so schön vor meinem Gewehrlauf standen."

Ein anderer Bauer, dessen Wort im Ort etwas galt, erwidert: „Ich kann die Hunde nur loben, wenn sie die Rehe warnten, die sich unbewusst fürs Totschießen hingestellt hatten. Auch ich habe beobachtet, dass die beiden Dobermänner gut erzogen sind und keine Leine brauchen. Sie bleiben in der Nähe ihres Herrn, selbst wenn die Verlockungen, dem Wild nachzustellen, sehr groß sind. Ich denke, wir sollten Anton nicht so stark ausgrenzen, wer gut zu Tieren ist, der hat bestimmt keinen schlechten Charakter und dürfte, wenn er was Schlimmes getan hat, seine Tat bereuen. Er ist der Enkel einer Verstorbenen, die in unserer Gemeinde bis in ihr hohes Alter hinein geachtet und beliebt war."

Damit hatte er das Gespräch so richtig angeheizt und man war Allgemein der Meinung auch Anton müsste etwas mehr Entgegenkommen zeigen und freundlicher sein.

Mein Großvater, dem immer der Schalk im Nacken saß, brachte das Gespräch am Stammtisch auf die Frage. ob es wohl richtig sei, dass der adlige Jägersmann zur Entenjagd immer seine Hunde ins Wasser jage, um das geschossene Federwild herauszuholen. Mein Opa fragte ihn ganz nebenbei, ob er wohl auch so viele Enten schießen würde, wenn er selbst ins Wasser müsste, um sie an Land zu holen. Ganz bissig antwortete dieser: „Ich kenne deine Tierschutzspinnereien, aber wir Weidmänner sorgen für eine gesunde Entwicklung aller Wildtierarten und dazu gehört nun einmal auch der Abschuss überzähligen Wildes."

Mein Großvater ließ es nicht auf einen Streit ankommen und erwiderte nur: „Wir Menschen sollten manche Einflussnahme der Natur selbst überlassen, die ist meistens schlauer als wir. Das zeigt sich auch wiederum darin, dass wir Menschen das Schwimmen erst lernen müssen, während es für die meisten Tiere etwas Natürliches ist."

Nach und nach gewöhnten sich die Kleinstadtbewohner an Antons Verhalten, das kaum noch Beachtung fand. Da geschah an einem sehr heißen Sommertag etwas Unfassliches. Der Himmel verdunkelte sich und ein starkes Gewitter zog auf. Blitz und Donner folgten unmittelbar aufeinander und trotz des Unwetters rückte plötzlich die Feuerwehr aus, denn in Antons Haus hatte der Blitz eingeschlagen und es brannte lichterloh. Ein Feuerwehrmann erzählte, dass sie längere Zeit brauchten um ohne Gefahr für das eigene Leben ins brennende Haus vorzudringen. Im Hausflur fanden sie den Mann und einen Hund, beide tot. Anton war von einem herabgestürzten Holzbalken erschlagen worden und das Tier hatte wahrscheinlich noch vergeblich versucht ihn fort zu zerren; es war am Rauchgas erstickt. Das ließ sich aus der Stellung der beiden Toten ablesen, auf alle Fälle war der treue Hund bis an sein eigenes Ende bei seinem Herrn geblieben. Das zweite Tier fand man schwer verletzt vor der Haustür, es war vermutlich nicht in der Lage gewesen, den tödlich verletzten Mann noch rechtzeitig zur Hilfe zu kommen.

Jetzt muss man für den vorn beschriebenen Jägersmann eine Lanze brechen. Er übernahm den nun herrenlosen Hund, pflegte ihn gesund und gab ihm ein gutes neues Zuhause. Mein Großvater erzählte mir aber, ich weiss nicht ob das übertrieben war, das Tier gewöhnte sich nur recht und schlecht an seinen neuen Herrn, der sich mit ihm aber alle Mühe gab. Bei jeder passenden Gelegenheit büxte es aus und war dann an der Stelle zu finden, wo Anton, sein ehemaliger `Rudelsführer´, ums Leben gekommen war.

In der Kleinstadt lebten die Gerüchte wieder auf. Einige glaubten damals an Prophezeiungen und Gottesstrafen, sie meinten, über diesen unfreundlichen Menschen wäre nun ein gerechtes Urteil gefällt worden. Erst jetzt seien seine ehemals schlimmen Taten, die jedoch niemand kannte, gesühnt.

Da nahm die ganze Geschichte eine unerwartete Wendung. In den verkohlten Resten des Hauses von Anton fand mein eine Stahlkassette. Der Bürgermeister ließ diese unter Anwesenheit von Zeugen von einem Schlosser öffnen, man fand einige unversehrte Schriftstücke, darunter eine Niederschrift, in der dieser Mann sehr detailliert seine Lebensgeschichte aufgezeichnet hatte. Ob die Veröffentlichung im Sinne des Verstorbenen war, konnte nicht mehr ermittelt werden, hierfür fanden sich keine Hinweise; auch gab es keine Angehörigen oder Erben, die man hätte fragen können.

Vom Inhalt der gefundenen Dokumente kann ich nur das wiedergeben, was ich von meinem Großvater vernommen hatte und was mir im Gedächtnis blieb. Es sind nur die Fakten des Inhalts, die wohl auch der Bürgermeister damals den Stadtverordneten mitteilte. Ob diese Abgeordneten schon so genannt und gewählt wurden, weiß ich nicht, es waren zumindest angesehene Bürger, die sich um die Geschicke und Probleme der Kleinstadt kümmerten. Sie brachten dann aber auch die gesamte Angelegenheit unter die Leute. Man war geschockt, dass man diesem Mann unrecht getan hatte. Folgendes wurde bekannt:

Antons Mutter war als junges Mädchen in der größeren Stadt bei einem reichen Bürger in Stellung; der missbrauchte sie und sie bekam ein Kind, es war Anton. Um das Geschehen zu vertuschen zwang sie der verheiratete Mann, einen seiner Angestellten, den er gut bezahlte, zum Mann zu nehmen. Das kam im 19. und Anfang des 20. Jahrhunderts häufig vor.

Antons Mutter entzog sich damals allen Redereien, sie ging mit ihrem Mann in dessen Heimat in ein osteuropäisches Land, ob sie dort glücklich wurde, ist nicht überliefert, jedenfalls berichtet ihr Sohn, dass er eine schöne zufriedene Kindheit hatte. Er erfuhr aber nichts über seine in der Kleinstadt lebende Großmutter, von der er nun als fast 50jähriger das Häuschen und ein kleines Barvermögen erbte.

Aus der Niederschrift von Anton wurde nun bekannt, dass er etwa im Alter von 20 Jahren sein Elternhaus verließ und sich als Soldat in einer Armee anwerben ließ. Er bringt zum Ausdruck, ihm ging es nur um den Sold. Außerdem hatte er sich bei der Anwerbung ausbedungen und erreicht, dass er als Pferde- und Hundebetreuer eingesetzt wurde, denn er war sehr tierlieb. Anton beschreibt seine schrecklichen Erlebnisse über das Gemetzel, wie sich die Menschen in den Kriegen, die im 19. Jahrhundert nicht selten waren, gegenseitig umbrachten. Besonders betroffen war er, wenn unschuldige Tiere auch unter diesen widrigen Umständen leiden mussten.

Er beschreibt, dass seine Kompanie nach einem langen Fußmarsch an einem großen See ein Feldlager einrichtete und er die Pferde zum Tränken ans Wasser führte. Ein Mischlingshund, fast wie ein Schäferhund aussehend, hielt sich immer brav an seiner Seite, doch als sie ans Ufer kamen, ließ er sich nicht halten und nahm ein Bad. Da hörte Anton Hilferufe und sah, dass ein Mensch, wahrscheinlich ein Kind, sich nicht mehr über Wasser halten konnte und zu ertrinken drohte. Kurz entschlossen sprang er in voller Montur in den See. Auch der Hund hatte die Gefahr gewittert und war schneller bei dem Kind als er - ein ungeübter Schwimmer -, der außerdem durch die Kleidung stark behindert wurde. Beide beförderten sie mit großer Mühe einen etwa zehnjährigen Jungen an den Strand. Das Kind hatte zu viel Wasser geschluckt und war nicht mehr zu retten, zumal, so betont Anton in seinen Aufzeichnungen, er unerfahren gewesen wäre und nicht wusste, wie man einen Ertrinkenden wiederbeleben kann.

Er rüttelte und bewegte das Kind sehr unsanft, er glaubte, damit könnte er dass Wasser aus dem Körper schütteln. In dem Moment erschien sein Vorgesetzter, dem Anton schon mehrmals widersprochen hatte, wenn er sich für die ihm anvertrauten Tiere einsetzte. Über diese Beispiele, dass er sich als Tierfreund manche Menschen zum Feind machte, weil er sich z. B. schützend vor gequälte Kriegspferde stellte, berichtet er sehr ausführlich. Doch der Korporal meinte, den Mann endlich bei einer verbotenen Handlung ertappt zu haben. Er glaubte, das Kind würde misshandelt; als er sogar feststellte dass es tot war, rief er sofort Mörder und ließ Anton von der Wache in Ketten legen.

In jener Zeit wurden viele Vergehen der Soldaten eigentlich nicht geahndet, weil das zum Krieg gehörte. Sogar Kinder durften straflos getötet werden, wenn sie Militärpersonen angreifen wollten oder unabsichtlich ins Kampfgeschehen gerieten. Im vorliegenden Fall wurden Antons Vorgesetzten alle Aussagen geglaubt, denn der Junge war das Kind eines in der Nähe des Feldlagers wohnenden sehr reichen adligen Gutsbesitzers. Standesunterschiede besaßen damals bei der Rechtssprechung einen höheren Stellenwert als die Suche nach der Wahrheit. Beim Kind eines armen Landarbeiters hätte man gewiss nicht so viel Aufheben gemacht. Aus den Aufzeichnungen ist zwischen den Zeilen sogar zu lesen, dass sich der Korporal mit seinen Angaben Vorteile für seine Militärlaufbahn beschaffen wollte. Er sagte aus, Anton hätte seinen Hund auf das Kind gehetzt, dass in seiner Not ins Wasser sprang. Dorthin wäre das Tier nach gesprungen, aber der Mann hätte dem Hund geholfen, ans trockene Ufer zu kommen und erst zu spät den Jungen herausgezogen. Hinterher hätte er das Kind noch verprügelt und so vielleicht tödlich verletzt. Rückendeckung erhielt er vom Lehrer des adligen Sprösslings. Dieser Erzieher hatte seine Aufsichtspflicht verletzt und sich nicht um den Jungen gekümmert, der das nutzte und unerlaubt im See badete. Der Lehrer betätigte deshalb gern die falsche Aussage des Korporals, ein bissiger Hund hätte seinen Schützling verfolgt und ins Wasser getrieben, ohne dass er helfen konnte.

Antons Angaben wurden als Lügen hingestellt und man behauptete, er wolle als übertriebener Tierfreund nur seinen Hund schützen, den man übrigens nach dem Vorfall sofort erschoss. Das erschütterte den Mann maßlos, er wurde aus diesem Grunde während der Verhandlungen immer aufgebrachter und verscherzte sich damit im Weiteren viele Sympathien.

Ohne die Einzelheiten aus Antons Niederschrift wiedergeben zu können kam als Ergebnis heraus, dass er zu lebenslanger Kerkerhaft verurteilt wurde. Die Todesstrafe blieb ihm erspart, weil die Gericht abhaltenden Offiziere wahrscheinlich allerhand Ungereimtheiten entdeckten. Sie trauten sich aber nicht, von einer Bestrafung gänzlich Abstand zu nehmen; der einflussreiche Gutsbesitzer hatte alle Härte gefordert. Es gab also auch damals schon Menschen, deren Inneres sich dagegen wehrte, jemanden von dessen Schuld sie nicht ganz überzeugt waren, zum Tode zu verurteilen.

Anton kam ins Zuchthaus und schildert eine qualvolle Zeit. Als Kindsmörder gehörte er zu denjenigen, die von vielen Mithäftlingen stark verachtet und sogar misshandelt wurden.

Wie die Mitteilung über die Tat zur Großmutter gelangte, ist nicht überliefert. Nur schade, dass sie in ihrem Leben nicht mehr erfuhr, dass ihr Enkel kein Kindsmörder war, er wurde voll rehabilitiert.

Anton hatte im Weiteren aufgeschrieben, dass er nach einem Jahr im Zuchthaus plötzlich und überraschend zum Direktor gerufen wurde; der teilte ihm mit, er sei frei und könne nach Empfang seiner persönlichen Sachen die Strafanstalt verlassen. Er beschreibt und bekennt offen, dass ihm Tränen die Wangen herunter liefen und er fragte ganz aufgewühlt: Was ist geschehen? Hierzu gibt ein Schriftstück Auskunft, dass ihm damals ausgehändigt wurde. Man fand es ebenfalls in der eisernen Kassette, deren Inhalt vom Brand verschont blieb. Mein Großvater behauptete, diesen Beleg auch gelesen zu haben. Darin wird deutlich, so erzählte er, dass im 19. Jahrhundert in Deutschland arme Menschen Glück hatten, wenn sie einen hochgestellten Menschen fanden, der sie vor willkürlicher Justiz schützte. In meine Nacherzählung fließen allerdings verständlicher Weise Worte und Formulierungen ein, die durch mein Leben und meine Erfahrungen in der 2. Hälfte des 20. Jahrhunderts geprägt sind.

Ein höherer Offizier aus Antons Armeeeinheit war in der Zeit, als dessen Vergehen verhandelt wurde, gerade im Urlaub und er hörte nach seiner Rückkehr nur am Rande von der Verurteilung dieses Mannes. Dienstliche Aufgaben hielten ihn länger davon ab, sich mit diesem Fall nochmals zu befassen. Er kannte diesen Soldaten, er war ihm aufgefallen, weil er ein ausgezeichneter Pferdepfleger war. Ihm konnte er sein Reitpferd bedenkenlos zur Betreuung anvertrauen. Dieses Tier war ihm ans Herz gewachsen, mit ihm hatte er manche schwierige

Situation gemeistert. Er spürte, dass dieser Mann mit Pferden umzugehen wusste, weil auch sein öfters widerspenstiges Ross diesen Soldaten willig gehorchte. So war fast ein Jahr vergangen, als er sich die Gerichtsunterlagen nochmals vornahm und durchlas. Ihm standen die Haare zu Berge, ob der unsinnigen Vernehmungen und Zeugenaussagen zum vorliegenden Fall. So und ähnlich beschreibt er es sogar in dem Dokument, das Anton in die Hände bekam.

Er war empört, seine Offizierskameraden wussten nicht oder hatten gänzlich ignoriert, dass Hunde ausgezeichnete Schwimmer sind. Der verurteilte Soldat musste also seinen Hund nicht vordergründig retten und aus dem Wasser ziehen. Außerdem fragte er sich, warum sollte gerade in diesem Falle Antons Hund unfolgsam gewesen sein und einem Kind hinterherhetzen. Aus eigenem Erleben wusste er, dass es ein sehr gehorsames wohlerzogenes Tier war. Er hatte den Mann deshalb sogar mehrmals gebeten, es ihm zu verkaufen, der schlug aber selbst höhere Angebote aus; von seinem Hund würde er sich niemals trennen, hatte ihm Anton geantwortet.

Kurzum, der höhere Offizier erreichte eine Revision des Urteils und der arme Mann kam frei.

Anton hatte aber den Glauben an die Gerechtigkeit und Ehrlichkeit der Menschen verloren. In seinen Aufzeichnungen, die er bis kurz vor seinem tödlichen Unfall fast täglich ergänzt hatte, war nachzulesen, dass er nicht bereit sei mit den schwatzhaften Leuten in dieser Stadt über seine Vergangenheit zu reden. Er brachte zum Ausdruck, er könne niemand mehr trauen, aus dem Kerker habe man ihn entlassen, aber die üble Nachrede blieb. Es sei ihm zuwider, um Entgegenkommen zu bitten und sich ein Schild umzuhängen: `Ich bin unschuldig! ´ Meine Tiere mögen mich, sie wissen besser als die Menschen, gut und böse zu unterscheiden.

Ob das tatsächlich in dieser Weise in den gefundenen Dokumenten stand, kann ich nicht mehr nachvollziehen. Ich vermute eher, dass mich mein Großvater mit diesen Worten belehren wollte und aufforderte weiter über den Spruch nachzudenken: `Seit ich die Menschen kenne, liebe ich die Tiere´. Mit dem er jedoch bei Anton falsch angekommen war.

Eine nichtalltägliche Geschichte über einen Rotfuchs

Auf dem Hof einer Försterei glaubte man, von der Ferne gesehen, neben einer Hütte sei an einer Kette ein Hofhund angebunden. Es war aber ein echter Rotfuchs. Die beiden 8 und 10jährigen Kinder des Försters, ein Junge und ein Mädchen, hatten ihren Vater dazu überreden können, dieses Tier nicht zu töten, sondern weiter wie ein Haustier zu halten. Dem Jägersmann widerstrebte das gewaltig, denn mit Füchsen hatte er schon so manche schlimme Erfahrung gemacht; sie durften in seinem Revier keinesfalls überhand nehmen. Eine Auswilderung wäre deshalb in seinen Augen auch widersinnig gewesen. Nur bei diesem Rotfuchs war er nicht frei von Emotionen. Er hatte den Fuchswelpen ehemals halbverhungert neben der in den letzten Atemzügen liegenden Tiermutter gefunden. Die beiden Geschwister des Welpen waren schon verhungert und tot. Der Mann, dem sonst nicht sofort etwas aus dem Gleichgewicht brachte, konnte lange den Blick der sterbenden Füchsin nicht vergessen. Er glaubte, sie wolle ihm im letzten Moment sagen: `Kümmere dich um meine Kleinen. ´ Das Muttertier klemmte mit seinem Hinterteil in einer gefährlichen Tellerfalle fest; ein Entkommen war aussichtslos. Alles war auch so eingequetscht, dass die Welpen nicht mehr am Euter der Füchsin trinken konnten. Die Größe und Konstruktion der gefährlichen Falle deuteten darauf hin, dass ein Wilderer damit größere Tiere fangen wollte. Die Eisenbügel des Tellereisens hatten der Füchsin das Becken zerschlagen und solche inneren Verletzungen zugefügt, dass keine Hilfe mehr möglich war. Sie verblutete innerlich. Der Förster gab ihr den Gnadenschuss, um sie auch von ihren großen Schmerzen zu befreien; das war richtig, denn das Tier hätte sich nicht mehr um den Nachwuchs kümmern können. Als er den Fuchswelpen nach hause brachte sagte er: „Hier bringe ich etwas Junges zum Aufziehen, dessen Mutter grausam umgebracht wurde, die wollte bestimmt noch nicht sterben."

Obwohl er sich sehr sicher war, dass von diesem Jungtier mit großer Wahrscheinlichkeit keine Tollwutgefahr ausging warnte er die Kinder, sie dürften sich nicht beißen lassen. Im Übrigen gab er ihnen Anleitungen und Hinweise zur Aufzucht des Rotfuchses. In der Gefangenschaft kann das jedoch nicht in jedem Falle tier- und naturgerecht erfolgen. Die Ziegenmilch, die der Kleine aus der Nuckelflasche sehr gierig trank, schmeckte ihm am Anfang sehr gut. Aber später hätte er sich bestimmt auch einmal Mäuse gewünscht und nicht nur Fleisch von geschlachteten Tieren. Dieser Förster hatte übrigens widerlegt, dass Füchse ausgesprochene Fleischfresser sind, denn der kleine Zögling fraß auch z. B. rohe Zuckerrüben sehr gern. Darauf war der Weidmann gekommen, weil er im Mageninhalt erlegter Füchse Reste solcher Feldfrüchte gefunden hatte. Er sagte deshalb immer: `Es gibt unter den Füchsen auch Vegetarier, die es nicht ausschließlich auf die Hühner und Gänse der Bauern abgesehen haben. ´

Mit großer Hingabe widmeten sich die beiden Kinder der Aufzucht des Fuchses und wurden sehr traurig, als er nach und nach heranwuchs und sein Wesen als Wildtier zeigte. Nun mussten Vorkehrungen getroffen werden, ihn im Zaum zu halten und zu bändigen; trotz des ständigen Menschenkontakts, der Pflege und dem liebevollen Umgang war er im Grunde nicht zahm wie ein Haustier geworden. Jetzt gab es in der Försterfamilie heftige Debatten, vor allem wiederum über Haltungsmethoden und das Töten von Tieren. Der Vater ordnete an, den Fuchs wie einen Haushund an eine Kette zu legen, das schien noch am sichersten zu sein. Schon zweimal war er bisher aus seinem Zwinger ausgebrochen und bis in den Hühnerstall des Nachbarn gelangt. Dieser hatte aber den Räuber rechtzeitig entdeckt; außer der aufgeregten herumflatternden Hühner, die vielleicht deshalb an diesem Tag weniger Eier legten, war kein weiterer Schaden entstanden. Es galt jedoch, diesen und weiteren ähnlichen Vorkommnissen vorzubeugen. Nicht alle Menschen bringen volles Verständnis dafür auf, wenn wilde Tiere sich in ihren Wohnbereich wagen. Diese von Menschen aufgezogenen Tiere tun das sehr gern, weil sie keine besondere Scheu mehr haben. Der Förster versuchte nun seinen Kindern zu erklären, dass sich alle Tiere nur dann wohl fühlen, wenn sie ihren natürlichen Trieben nachgehen und in angepasster gewohnter Umgebung zwanglos leben können. Anderenfalls, so übertrieb er sogar etwas, würden sie sogar lieber sterben. All das überzeugte aber nicht.

Der Förster musste schärfere Geschütze auffahren, um die Kinder zu überzeugen, dass der wilde Rotfuchs nicht länger in dieser Form in Gefangenschaft gehalten werden kann. Der Vater argumentiert und betont: „Um ein genügend großes Freigehege für das Tier zu schaffen fehlen uns das Geld, die Mittel und auch selbst in unserem Förstereigelände und seiner Umgebung die entsprechenden Möglichkeiten. Der Zoo oder das Tiergehege in der Stadt haben selbst zu viele Füchse, sie würden lieber welche abgeben als zusätzliche aufnehmen. Bleiben als einzige Mittel: Schmerzloses Töten oder Auswildern. Letzteres ist aber mit vielen Risiken für das Tier verbunden und nicht sicher, ob es problemlos klappt. Unsere Gegend ist Tollwutsperrgebiet, der tote Fuchs, den ich kürzlich im Wald fand und zum Untersuchungsamt brachte, war an dieser Krankheit gestorben. Es ist nicht auszuschließen, dass es noch weitere erkrankte Tiere gibt. Wenn unser Fuchs in der Freiheit mit seinesgleichen zusammenkommt, bleiben Rangkämpfe und Beißereien nicht aus. Gerade dabei wird diese Krankheit übertragen. "

In der Zeit, in der der Rotfuchs in der Försterei aufgezogenen wurde, stellte die Tollwut noch eine sehr große Gefahr dar; deshalb musste sich der Förster auch manche Kritik seiner Berufskollegen gefallen lassen, weil er einen Fuchswelpen am Leben erhielt. Er argumentierte aber: „Ich bin nicht nur Jäger, sondern auch Heger und Tierschützer, da gehe ich eben meine eigenen Wege."

Der Vater traf aber nun eine Entscheidung und kündigte an, den Fuchs am nächsten Tag, wenn die Kinder in der Schule, also nicht zu Hause sind, zu erschießen. Es widerstrebt ihm zwar, ein angebundenes Tier zu erlegen; das war nicht weidgerecht. Er wollte aber besonders diesen Fuchs unbedingt sicher und schmerzlos töten.

Der Förster hätte sein Tun nicht ankündigen dürfen. In der Nacht schlichen sich die beiden Kinder heimlich zum Fuchs und ließen ihn frei. Er trollte sich auch sofort davon, als ob er ahnte, was ihm bevorstand. Der Vater war sehr ärgerlich über die Unfolgsamkeit der Kinder und wusste nicht, wie er sie bestrafen sollte. Prügelstrafe war in dieser Familie verpönt, aber einen Denkzettel sollten sie erhalten. Übliche Strafen für die Kinder waren damals, sie mussten im Haushalt und Gehöft Arbeiten verrichten, die man im Allgemeinen nur ungern und widerwillig tat. Die Beiden nahmen dies auf sich und gelobten, nie mehr unartig zu sein. Ob sie das für immer einhielten, ist nicht überliefert.

Der Fuchs hatte sich davon geschlichen und wurde nie wieder gesehen. Der Förster sagte dazu: „Ich hätte unseren Rotfuchs bestimmt erkannt, wenn er irgendwo im Revier aufgetaucht wäre." Im Grunde glaube ich sogar, dass der Jägersmann letztlich über diese Lösung gar nicht allzu böse war. Es wäre ihm bestimmt schwer gefallen, das Tier, das so lange in der Obhut der Familie war, zu erschießen. Er musste damals noch wegen der Tollwutgefahr Jahr für Jahr die geforderte Abschusszahl an Füchsen erbringen, dabei war es fraglich ob er diesen bestimmten Rotfuchs für immer hätte schonen können.

In den letzten Jahren konnte die Ausbreitung der Tollwut beim Wild stark eingedämmt werden. Die Füchse erhielten eine Schluckimpfung, wofür Fressköder, die den Impfstoff enthalten, in Wald und Flur verstreut werden. Sie wurden sogar von Flugzeugen aus abgeworfen – eine recht erfolgreiche Aktion.

Die früher berechtigte Angst von Hunden oder Füchsen gebissen und dabei mit dem Virus der Tollwut infiziert zu werden, ist heute geringer zumal auch bei den Haustieren erfolgreich geimpft wird. Auch die heute in Ausnahmefällen notwendigen Impfungen von Menschen haben weniger Nebenwirkungen als in der Vergangenheit.

Die Tollwut

Infektionskrankheiten, die von Tieren auf Menschen und von Menschen auf Tiere übertragen werden nennt man Zoonosen, dazu gehört die Tollwut, die bis Ende des vorigen Jahrhunderts sehr gefürchtet war. Dank erfolgreicher Forschungen wurden wirksame Impfstoffe mit weniger Nebenwirkungen entwickelt und gezielt eingesetzt. Die Gefährlichkeit dieser Krankheit ist heute geringer, aber die Seuche noch nicht völlig getilgt. Einige ausgewählte Erlebnisse sollen zeigen, wie man früher mit dieser ansteckenden Krankheit umging.

Schnelle Hilfe
Es war Mitte der 1960er Jahre und in der DDR arbeiteten nun alle ehemaligen Einzelbauern in LPG. In dem Dorf, von dem ich berichte, gab es noch keinen Kindergarten und die LPG-Bauern nahmen hin und wieder ihre kleineren Kinder mit aufs Feld. So saß ein 4jähriges Mädchen am Waldesrand auf einem Feldrain, es vergnügte sich damit, Butterblumen zu einem Kranz zusammen zu flechten. Die Mutter verzog Rübenpflanzen und lockerte mit einer Hacke den Boden um die empfindlichen Pflänzchen. Sie hatte ihre Tochter immer im Blick und freute sich über ihr folgsames Kind. Plötzlich sah sie einen Fuchs auf das Mädchen zu schleichen; unvermittelt biss er es in den seitlichen Hals. Entsetzt schrie die Mutter auf, mit der Hacke fuchtelnd rannte sie zu ihrem Töchterchen, um Hilfe zu leisten. Das Tier, das so plötzlich aufgetaucht war, flüchtete sofort wieder in den nahen Wald. Alle auf dem Feld Beschäftigten eilten herbei und beherzte Männer nahmen die Verfolgung des Fuchses auf. Erfolglos kehrten sie zurück, doch Jäger des sofort alarmierten Jagdkollektivs konnten nach knapp einer hal-

ben Stunde das Tier stellen und erlegen. Sein abnormes, aggressives Verhalten ließ eine schwere Erkrankung vermuten. Der Tierkörper wurde sofort ins Untersuchungsamt verbracht und dort mit einem speziellen Test auf Tollwut untersucht.

Nach all diesen Umständen ließ sich auch schon ohne vorliegendes Untersuchungsergebnis annehmen, dass der Fuchs tollwutkrank war. Ein Biss in der Nähe des Kopfes gilt als besonders gefährlich, schnellstes Handeln war deshalb notwendig. Die Tollwuterreger breiten sich im Körper entlang der Nervenbahnen aus. Bei der Tollwut gibt es dann im Gehirn die krankhaften, häufig unheilbaren Veränderungen. Im vorliegenden Fall war also die Entfernung von der Schulter bis dorthin sehr kurz. Es war Eile geboten und man wartete richtigerweise nicht erst den Untersuchungsbefund ab. Der Bürgermeister fragte bei einer in der Nähe stationierten sowjetischen Armeeeinheit an, ob sie per Hubschrauber ein tollwutgefährdetes Mädchen schnell zur Klinik fliegen würden. Sofort wurde Bereitschaft signalisiert und nach wenigen Minuten landete der Helikopter auf dem Feld, in der Nähe der Patientin. Der herbeigeeilte Hausarzt hatte sie notversorgt. Der schnelle Transport zur Universitätsklinik mit einem speziellen Tollwutzentrum und die dortigen unverzüglich eingeleiteten Maßnahmen retteten ein Menschenleben, denn der Fuchs hatte Tollwut, das ergab die eingeleitete Laboruntersuchung.

Dieses Ereignis war vor allem unter den Bauern und den Jägern im weiten Umkreis bekannt geworden. Man lobte die allgemeine Hilfsbereitschaft in Gefahrensituationen und die allseitige unbürokratische Hilfe vor allem auch seitens der Besatzungsmacht. Andererseits bekamen diejenigen, die gern alle Füchse in Wald und Flur mit allen Mitteln bekämpfen wollten, Wasser auf ihre Mühlen.

24

Die Prämien für den Abschuss dieser Tiere und die Tötung von Welpen in den Fuchsbauen wurden staatlicherseits erhöht. Außerdem sollten auch gefährliche Tierfallen, Vergiftungsaktionen und ähnliches eingesetzt werden. Vernünftige Weidmänner und Tierschützer warnten allerdings richtigerweise vor überzogenen Maßnahmen, sie plädierten dafür, die Anzahl der Füchse vernünftig mit tierschutzgerechten Mitteln zu reduzieren, sie aber nicht völlig auszurotten.

Die nicht erkannte Tollwut
Ein weiteres Erlebnis zeigt, wie heimtückisch die Tollwut sein kann und dass früher sogar Tierversuche mit Meerschweinchen zur sicheren Abklärung erforderlich waren.
In den 1960er Jahren wurde der Kreistierarzt zu einem Bauern gerufen, weil 2 Kühe schon einige Tage krank waren. Der zuständige praktische Tierarzt wusste die Krankheit nicht einzuordnen, alle seine bisherigen Behandlungsversuche waren erfolglos. Beim Betreten des Hofes kam dem amtlichen Veterinär sofort ein Verdacht, der Hofhund an der Kette vor einer Hütte sah abgeschlagen aus, hatte Schaum vorm Maul und war offensichtlich sehr krank, er könnte Tollwut haben. Bei dieser Krankheit stellt man sich allerdings vor, dass sich die erkrankten Tiere ganz wild gebärden, um sich beißen und versuchen Menschen anzufallen; diese Erscheinungen hatte der Hund jedoch nicht. Neben dieser aggressiven Form gibt es aber besonders bei Hunden die so genannte stille Tollwut, bei der die Tiere sich ganz ruhig verhalten und eher den Drang haben sich zurück zu ziehen und zu verkriechen. Dieser Zustand wird häufig besonders am Anfang verkannt, weil alle glauben, die erkrankten Tiere müssten wütend sein, wie der Name sagt.

Jedenfalls stellte man im vorliegenden Falle fest: „Solange der Hund noch gesund war, hatte er auf der Weide beim Hüten der Kühe geholfen. Er hatte diese auch hin und wieder in die Beine gebissen, wenn sie ihm nicht gehorchen wollten."

Der Kreistierarzt schlussfolgerte deshalb: „Der vermutlich an Tollwut erkrankte Hund hat die Kühe durch seine Bissattacken angesteckt. Außer bei Hunden und Füchsen sind oft bei anderen Tierarten, besonders bei Rindern, keine typischen eindeutigen Zeichen dieser Krankheit festzustellen. Da mehrere Menschen tagelang Kontakt mit wahrscheinlich tollwutverdächtigen Tieren hatten, war für die Aufklärung große Eile geboten."

Im Veterinäruntersuchungsamt wurde der Hund getötet und sein Hirn auf Tollwut untersucht. Da in jener Zeit noch keine so sicheren Untersuchungsmethoden wie heute zur Verfügung standen, wurde noch Meerschweinchen ansteckungsverdächtiges Material von den erkrankten Tieren verabreicht. Wenn diese Versuchstiere im entsprechend bekannten Zeitraum an Erscheinungen der Tollwut erkrankten oder starben, war damit diese Krankheit ganz sicher nachgewiesen. Fazit: „Beim verdächtigen Hund und den Kühen wurde Tollwut nachgewiesen. Die Menschen, die Kontakt zu diesen erkrankten Tieren hatten, wurden geimpft."

Die Impfung hatte damals noch viele Nebenwirkungen und sollte deshalb nur bei tatsächlich nachgewiesener Tollwut zur Anwendung kommen. Um die richtigen Entscheidungen für die gefährdeten Menschen zu treffen, musste als Erstes sofort der Hund getötet werden; dieser im weiteren Sinne und die Meerschweinchen mussten also als Versuchstiere herhalten, um die Seuche sicher feststellen zu können und damit letztlich Menschenleben zu retten. In der Neuzeit kann durch Untersuchung des

Gehirns eindeutig diagnostiziert werden ob eine Erkrankung an Tollwut vorliegt oder nicht.

W. Ulbricht wurde nicht mit Tollwut angesteckt
Bestimmte Ereignisse, die die Staatsoberen betrafen, durften in der DDR nur veröffentlicht werden, wenn diese Herren oder Damen damit gelobt oder geehrt wurden. Eine Begebenheit der besonderen Art erfuhren deshalb nur die unmittelbar Beteiligten, die außerdem zur Verschwiegenheit verpflichtet waren.
In den 1960er Jahren fanden im Bezirk Erfurt, im Thüringer Wald, hin und wieder Staatsjagden statt. Während einer solchen Veranstaltung, der Staatsratsvorsitzende Walter Ulbricht hatte das Diplomatische Corps zum Neujahrsempfang mit anschließender Jagdveranstaltung, geladen, trug sich folgendes zu: Ein Jäger, der als Treiber eingesetzt war, hatte ein totes, nicht per Abschuss erlegtes Reh, gefunden und angefasst. Als W. Ulbricht sich bei den Treibern per Handschlag bedankte, gab er auch diesem Jäger die Hand. Die Sicherheitskräfte hatten dies festgestellt und sofort eine strenge Untersuchung angeordnet, denn es galt, bei dem gefallenen Wild einen Tollwutverdacht auszuschließen. Obwohl Fachleute meinten, dass im vorliegenden Fall eine Ansteckung nicht zu erwarten sei, wurden mit großem Wirbel zahlreiche Maßnahmen eingeleitet. Zunächst entstanden Schwierigkeiten, weil der dienst habende Tierarzt des zuständigen Veterinäruntersuchungsamtes nicht unverzüglich erreichbar war. Die Untersuchung des Rehs wurde deshalb mit ca. einer Stunde Verzögerung im Amt des Nachbarbezirkes durchgeführt. Die für diese Panne Verantwortlichen wurden heftig kritisiert, jedoch blieben sie von weitergehenden Konsequenzen verschont.

Das Reh hatte tatsächlich Tollwut. Welche Maßnahmen daraufhin durch das Gesundheitswesen getroffen wurden erfuhren wir Mitarbeiter, die nur die Untersuchungen zu veranlassen und durchzuführen hatten, nicht. Der Staatsratsvorsitzende oder andere Personen erkrankten jedenfalls nicht an Tollwut und auch die Presse durfte über das gesamte Geschehen nicht berichten.

Ein Witz lässt mich Nachdenken und Handeln
Ich will nun eine Story nacherzählen, die ich in den 1940er Jahren von meinem Großvater hörte. In der damaligen Zeit hat man in den Dorfkneipen am Stammtisch viel Wahres diskutiert aber auch oft versucht einige Leute hinters Licht zu führen. Wobei ich aber annehme, dass die Mehrzahl, die die folgende Geschichte damals vernahmen, merkten, dass es ein Witz war, der allerdings eine belehrende Wirkung haben sollte.
Ein im Dorf bekannter Witzbold betrat die Gasstätte und setzte sich unverzüglich an den Biertisch. Er kramte Zettel und Bleistift hervor und begann Namen aufzuschreiben. Viele schauten ihm über die Schulter und fanden auch ihre eigenen Vor- und Familiennamen auf der Liste. Erstaunt fragten sie: „Was bedeutet dieses Schriftstück, was hast du vor?" Ruhig und ernst antwortet der Schelm: „Ich wurde vor einigen Stunden von einem tollwütigen Hund gebissen und jetzt schreibe ich alle diejenigen auf, die ich dann beißen werde, wenn bei mir die Wut beginnt." Was dann weiter geschah ließ mein Großvater offen und er wollte mir auch nicht sagen, ob der Mann wirklich tollwutkrank wurde. Ich begriff aber, dass man sofort zum Arzt muss, wenn man von einem Hund gebissen wird.
Daran erinnerte ich mich während eines Urlaubs in den 1970er Jahren in Finsterbergen im Thüringer Wald, als

wir dort eine Entscheidung treffen mussten. Wir hatten die gleichaltrige Freundin unserer 10jährigen Tochter für einige Tage mit in den Urlaub genommen. Unser Langhaardackel Fasko war ebenfalls mit von der Party. Er war sehr friedlich, ließ sich jedoch nicht gern all zu lange streicheln. Die Freundin unserer Tochter hatten wir nicht genügend auf diese Eigenwilligkeiten unseres Vierbeiners aufmerksam gemacht. So blieb nicht aus, dass er während des Streichelns das Mädchen plötzlich in die Hand biss. Er hatte höchstwahrscheinlich keine Tollwut, aber die Umgebung war eine diesbezügliche Schutzzone. Weil wir außerdem von unserem Hund nicht ganz genau wussten, womit er während seines Stromerns alles in Berührung gekommen war, hielten wir eine Arztkonsultation für notwendig. Die Verantwortung für das Mädchen belastete uns sehr schwer. Vor allem dachte ich aber an die Lektion meines Großvaters: Bei einem unklaren Hundebiss einen Arzt aufsuchen! Im Krankenhaus wurde eine gründliche Wundversorgung vorgenommen, jedoch nach eingehender Beratung auf eine Schutzimpfung gegen Tollwut verzichtet. Nach einigen Tagen ängstlicher Ungewissheit atmeten wir auf, weil die Verletzung keine ernsten Folgen hatte.

Warum mir zeitweilig der Appetit auf Fleisch verging

An die Osterfeste während meiner Kindheit in den 1930er Jahren habe ich einerseits schöne aber andererseits auch bedrückende Erinnerungen. Meine Eltern und Großeltern verstanden es, mir die Geschichten um den Osterhasen eindrucksvoll und spannend zu vermitteln; ich glaubte sehr lange, dass es Eier legende Hasen gäbe und suchte mit Hingabe in unserem großen Garten die angeblich von ihm stammenden Ostereier. Ich meine, ich war 6 Jahre alt, als ich heimlich beobachtete wie meine Mutter die Eier im Gras, zwischen Blumen, Wurzeln usw. versteckte. Ab dieser Zeit schauspielerte ich und ließ die Erwachsenen in dem Glauben, ich sei noch von der Existenz des Osterhasen überzeugt, obwohl er und der Weihnachtsmann nunmehr Märchenfiguren für mich waren. Meine kindliche Freude über diese Feste hatte jedoch auch eine Schattenseite. Für den alljährlichen Festbraten wurden zu den Osterfeiertagen Ziegenlämmer geschlachtet!

In unserer Familie mussten wir Kinder alles, was auf den Tisch kam, essen, es durfte nichts auf dem Teller bleiben. Dieses Ziegenlammfleisch schmeckte mir aber gar nicht. Es war so lasch und, was ich damals noch nicht wusste sondern nur so empfand, der echte Fleischgeschmack fehlte. Am schlimmsten war aber, dass ich während des Essens immerfort an die quirligen und lebensfrohen Ziegenlämmer dachte, die so jung sterben mussten. Erst als ich erwachsen war, entschied ich selbst über meinen Speiseplan, ich aß nun, eingedenk der Kindheitserinnerungen, kein Ziegenlammfleisch mehr.

Ich weiß noch, dass ich während meiner Kindheit das Schweineschlachten auch nicht besonders mochte, es aber etwas weniger grausam empfand als das der Ziegen und Lämmer, die mir die liebsten Tiere waren. Es machte mir Freude, wenn ich die älteren Ziegen auf die Weide bringen und mich dort bei ihnen aufhalten durfte. Dass sie eines Tages auch geschlachtet werden sollten, wollte mir nicht einleuchten. Jedes Jahr im März kamen die Lämmer zur Welt, mit denen ich sehr gern spielte. Sie waren für mich im Umgang mit Haustieren den Hunden gleichwertig. Mir gelang es sogar ein Ziegenlamm, das als Zuchttier aufgezogen wurde, wie einen Hund zu dressieren. Es gehorchte den gleichen Kommandos wie bei der Hundedressur; ich hatte sogar den Eindruck, dass dies dem Tierchen viel Freude machte. Für mich war es deshalb barbarisch, wenn diese Tiere geschlachtet wurden und ich auch noch ihr Fleisch essen musste. Trotzdem wurde ich kein Vegetarier, weil ich anderes Fleisch recht gern aß.

Als etwa Fünfjähriger fragte ich einmal meinen Großvater, der viel in der Bibel las: „Warum gilt eigentlich das göttliche Gebot: Du sollst nicht töten, nicht gegenüber Tieren?" Ich erhielt mit vielen Erklärungen nur eine unkonkrete Antwort, obwohl er sonst in meinen Augen fast alles wusste. Der alte Herr erzählte, dass das Christentum Tieropfer ablehnt, aber darüber viele Geschichten, besonders aus anderen Religionen, beschrieben werden. Er meinte, für die Nahrungsbeschaffung müssten jedoch andere Maßstäbe angelegt werden. Das alles schien ein sehr heikles Thema zu sein. In meinen kindlichen Vorstellungen meinte ich sogar, dass er in diesem Falle gar kein richtiger Christ sei, weil auch er Kaninchen, Hühner, Gänse, Enten, Tauben usw. ohne Gewissensbisse schlachtete und dabei ging er auch nicht immer zimperlich vor. Es geschah dies oft ohne ausreichende vorherige Betäubung. Ich hatte mehr als einmal die Angst in den Augen der Tiere, vor allem der Kaninchen, gesehen, die bestimmt spürten, dass etwas Schlimmes mit ihnen geschehen sollte. Ich erinnere mich, dass mein Großvater die Kaninchen vor dem Blutentzug, dem so genannten Abstechen, wenigstens betäubte. Die sich wehrenden Tiere wurden an den Hinterläufen so festgehalten, dass der Kopf nach unten hing. Mit einem Stock – meist dem Stiel einer Axt – wurde dann gezielt und kräftig auf den Hinterkopf geschlagen. Kräftige Männer, auch mein Opa, besorgten das auch mit der Hand.

Schon als 10jähriger musste ich bei der Hühnerschlachtung mithelfen. Die erfolgte im häuslichen Bereich ohne Betäubung. Ich hielt den Tierkörper fest, erfasste den Kopf und zog den Hals lang, den ich auf den Hackklotz legte. Der Großvater trennte diesen dann mit einem gezielten Axthieb durch. Bei dieser Tätigkeit zitterte ich immer und wurde ausgeschimpft, als ich einmal die Henne nach dem Töten losließ. Das Bild, dieses noch kurze Zeit herumrennenden Körpers ohne Kopf, aus dessen Hals Blut spritzte, kann ich bis heute nicht vergessen. In späteren Jahren suchte ich oft nach Rechtfertigungen für diese mir grausam erscheinenden Tötungsmethoden. Darüber unterhielt ich mich kürzlich auch mit meinem Urenkel, dem ich hiervon erzählte. Seine Reaktion erschütterte mich: „Urgroßvater, was du da als Kind mit der toten Henne erlebt hast, habe ich in ähnlicher Weise, vielleicht nicht ganz so schlimm, schon in Computerspielen beim Abschießen von Hühnern gesehen. Mir und meinen Freunden macht das aber nicht so viel aus, es sind doch keine Menschen."

Daraufhin konnte mich nicht zurück halten, ich musste zur Auffassung des Kindes etwas sagen, obwohl ich wusste, ich komme mit meinen Belehrungen nicht an:

„Vielleicht erschüttern uns schlimme Ereignisse stärker, wenn wir sie direkt beobachten, als wenn sie auf dem

Bildschirm vorüberziehen. Ein Sprichwort heißt indessen: `Alles was lebt, lebt gern.´ Das trifft auch im übertragenen Sinne auf die nur gedacht lebenden Hühner zu, die ihr auf dem Bildschirm abschießt. Bei dem Spiel solltet ihr euch deshalb daran erinnern, dass sie lieber leben als sterben wollen, sonst würden sie nicht flüchten. Im Übrigen lohnt es sich darüber nachzudenken, ob beim gewaltsamen Töten ein Unterschied zwischen Mensch und Tier zu machen ist, beides sind Lebewesen."

Ich brachte aber als Kind meinen Großvater auch in Erklärungsnot und ließ mich nicht überzeugen als ich ihn beim Hühnerschlachten fragte: „Warum zeigen die anderen Tiere, die nicht geschlachtet wurden, kein Mitleid mit der toten Henne, der du den Kopf abgehackt hast. Sie picken ja sogar die Körner auf, auf die das Blut der getöteten Henne tropfte?"

Seine Antwort, die ich nicht mehr wörtlich wiedergeben kann, lautete etwa so: „Wahrscheinlich sind Hühner dumm und sie haben gar nicht begriffen, was um sie herum geschah oder waren vielleicht froh, dass es sie selbst nicht erwischt hatte."

Schon als Kind nahm ich ihm diese Antwort nur zum Teil ab. Ich wusste und hatte festgestellt, dass auch Geflügel manche bemerkenswerte Fähigkeit besaß. Die Erwachsenen behaupteten: „Kleiner Kopf bei Hühnern bedeutet kleines Gehirn und wenig Grips." Das stimmte aber gar nicht. Unsere Hennen und besonders der Hahn merkten sich die Zeiten wann es Futter gab, wann sie regelmäßig in und aus dem Stall mussten und erkannten die Personen, die sie immer fütterten und betreuten. Wenn Fremde in ihre Nähe kamen wurden sie stets sehr aufgeregt. Unser Gockel z. B. war wachsamer als mancher Hofhund und griff Personen an, wenn er glaubte, sie würden unerlaubt das Gehöft betreten. Manchmal meinte ich sogar, sie würden sich in einer uns nicht verständlichen Sprache untereinander unterhalten. Ein Phänomen, das man bei vielen Vogelarten beobachten kann. Wenn sie etwas außergewöhnliches, z. B. schmackhaftes Futter gefunden haben mit dem sie nicht allein fertig werden, rufen sie die anderen herbei.

In späteren Jahren erkannte ich aber, dass Tiere sich nicht nur gegenseitig helfen; sie zeigen dagegen oft ein mit dem Egoismus des Menschen vergleichbares Verhalten. So hatte mein Opa vielleicht zumindest darin Recht, dass die Hühner wenig Mitleid mit ihresgleichen hatten und häufig in erster Linie froh waren, wenn es ihnen gelang, das eigene Leben zu retten. Alle kämpfen letztlich um ihr Dasein. Von meinem Opa hörte ich dazu das Sprichwort: „Jedes Tier wehrt sich seiner Haut." Nur stellte ich immer wieder fest, dass ihnen das häufig gegenüber den überlegenen Menschen wenig nützt. Sie haben also auch immer Angst vorm Schlachten und spüren manchmal jedoch sehr unterschiedlich, wenn es soweit ist.

Als uns die Katzenvermehrung aus dem Ruder lief

Als Kind durfte ich nicht zusehen, hatte aber heimlich beobachtet, wie die kleinen neugeborenen Kätzchen von Erwachsenen getötet wurden. Die überzähligen Katzenbabys wurden durch derbe Schläge auf den Kopf betäubt und anschließend zur Sicherheit, dass sie auch wirklich starben, in einem Sack (beschwert mit Steinen) in einem Teich oder einer Jauchegrube versenkt. Mein Opa machte das ebenfalls. Ich war darüber richtig aufgebracht, er enttäuschte mich. Bis heute fällt es mir schwer, Geheimnisse für mich zu behalten; als Kind war das bei mir besonders stark ausgeprägt. Ich verriet deshalb auch, dass ich das Katzentöten gesehen hatte und brachte meine Empörung zum Ausdruck. Was mein Großvater dazu meinte kann ich nur noch sinngemäß wiedergeben: „Was sein muss, das muss sein. Auf diese Art haben auch schon meine Eltern und Großeltern die kleinen Katzen getötet. Die Kleinen, die noch nicht einmal die Augen offen haben, auch nichts sehen, die spüren noch nichts. Es ist am richtigsten, sie in diesen ersten Lebenstagen aus der Welt zu schaffen. Schwieriger wird alles, wenn sie heranwachsen und dann wegen ihrer Überzahl aus unserer Nähe vertrieben oder getötet werden. Einige Menschen ärgern sich auch darüber, wenn sie im Garten Singvögeln oder im Wald kleinen Kaninchen nachstellen, also wildern. In der Regel enden sie in diesen Fällen qualvoll in Tierfallen oder werden durch die Jäger erschossen. Glaube mir, dass es richtiger ist, die kleinen Wesen, die noch nichts fühlen, schnell zu töten."
Mit dieser Ansicht wollte ich mich einfach nicht zufrieden geben, ich protestierte heftig, ohne jedoch mit Argumenten gegensteuern zu können. Im übertragenen Sinne verbündete ich mich deshalb mit den Katzenmüttern und

sorgte dafür, dass ihre Kleinen nicht entdeckt wurden. Ich gewann für mein Tun sogar einige Spielgefährten. Wir suchten und fanden in der Scheune, im Schuppen und sogar auf dem Hausboden Verstecke, in die die Erwachsenen nicht vordringen konnten. Wir machten daraus eine richtige Geheimaktion. Sobald wir ein Katzenbaby in das neue Nest gebracht hatten folgten uns die Katzenmütter und brachten die weiteren ebenfalls dorthin. Es war erstaunlich, sie erfassten die Kätzchen mit ihrem Maul und trugen sie sehr geschickt oft über gefährliche Hindernisse in die neue Umgebung. Sie nahmen instinktiv unsere Hilfe an. Verletzungen oder Unfälle gab es bei diesem Transport nicht.

Ich kann mich nicht mehr genau erinnern, aber ich meine, dass wir 2 Jahre lang bei uns und in einigen Nachbargehöften diese „Katzenrettungsaktion" betrieben. Nach dieser Zeit gab es in unserer Gegend so viele Katzen, dass auch mir und meinen Freunden das Ganze unheimlich wurde. Auf dem Hof unseres Nachbarn tummelten sich z. B. manchmal mehr als 20 Tiere. Dieser Bauer war immer sehr griesgrämig und er verbot die Fütterung aller Katzen, die sich jedoch anderweitig Futter suchten. In unserer Scheune, wo ich eine Futterstelle eingerichtet hatte, also die Miezen fütterte, versammelten sich aus der gesamten Umgebung eine unübersehbare Anzahl Tiere; die Futterbeschaffung lief mir aus dem Ruder. Eltern und Großeltern missbilligten unser Tun, ließen uns aber vorerst gewähren. Ich merkte aber, dass einige Anwohner nunmehr zur Selbsthilfe griffen. Mit grausamen Methoden töteten sie weiter; wenn sie die Neugeborenen nicht gefunden hatten, mussten manchmal auch ältere Katzen ihr Leben lassen. Das alles zu verhindern reichten meine kindlichen Kräfte nicht mehr aus, mit Bedauern musste ich feststellen, meine Bemühungen, Katzenleben zu retten, hatten keinen nachhaltigen Erfolg.

Ich glaube, ich war ungefähr 16 Jahre alt, als ich mir bei einem bekannten Tierarzt Rat holte, wie das Töten der kleinen neugeborenen Katzen weniger grausam erfolgen kann. Fortan wandte ich bei uns zu Hause und bei Nachbarn folgendes Verfahren an, das noch heute manchmal praktiziert wird: Die Tiere wurden in einen luftdicht verschließbaren Kasten oder Karton verbracht und unmittelbar vorm Zumachen ein stark mit Äther oder Chloroform getränkter Wattebausch hinzugetan. Bei dieser Überdosis an Betäubungsmittel schliefen die Kätzchen schmerzlos ein und wachten nicht wieder auf.

Erfreulicher Weise wird aber in der Neuzeit durch die Sterilisation der Katzen versucht, ihre starke Vermehrung zu bremsen. Die Tötung der Neugeborenen erfolgt deshalb nicht mehr in diesem Umfang wie früher; allerdings soll es besonders auf dem Lande noch nicht ganz vorbei sein.

Einschläfern von Tieren, muss das sein?

Beim Einschläfern von Tieren denke ich unwillkürlich an das Wort Euthanasie, verbunden mit schlimmen Ereignissen während der Nazizeit. Die vielen lebensfeindlichen Aktionen während dieser Epoche erfuhren wir in ihrem tatsächlichen Ausmaß erst nach dem Krieg, also nachdem sie vorbei waren. Euthanasie, zu Deutsch Sterbehilfe, war damals die Bezeichnung für die Tötung von Menschen, deren Leben als unwert galt, das waren Juden, geistig Behinderte und teilweise Nichtarier. Bei Nennung dieses Namens läuft mir noch heute ein Schauer über den Rücken, ich habe dann die grausamen Bilder vor Augen, auf denen Gaskammern in den KZ oder Geisteskranke, die getötet werden sollten, zu sehen waren. Für die Sterbehilfe bei Tieren verwende ich deshalb das Wort Einschläfern. Zeit meines Berufslebens suchte ich nach Rechtfertigungen, warum oder unter welchen Umständen dies ausnahmsweise manchmal bei Tieren zu verantworten wäre. Tierbesitzern, denen es sehr schwer fiel und die von Zweifeln geplagt wurden, ob es richtig sei, ihre todkranken Haustiere einschläfern zu lassen, erklärte ich deshalb: „Wir Menschen denken an die Zukunft, wir hoffen und vertrauen z. B. bei sehr starken Schmerzen auf Linderung oder Hilfe und verdrängen Gedanken an das Sterben. Tiere dagegen leben vor allem dem Augenblick, wahrscheinlich ohne die Fähigkeit sich darüber im Klaren zu sein, was später kommt. Für sie ist es wichtig, sich zum gegenwärtigen Zeitpunkt wohl zu fühlen, vor allem keine Schmerzen zu haben. Dabei sollten wir sie unterstützen." Damit lässt sich nicht umfassend, doch teilweise begründen, dass in besonderen Fällen das Einschläfern richtig und angezeigt erscheint.

Der Münsterländer, der gerettet wurde

Als junger Tierarzt wurde ich einmal zufällig Zeuge eines schweren Verkehrsunfalls. Ich war auf Praxistour und musste an der abgesperrten Unfallstelle warten. Es gab viel Sachschaden und einige verletzte Menschen, die durch einen Notarzt versorgt wurden. Sie stöhnten und jammerten teilweise sehr laut. Schwerer betroffen noch als die hörbar klagenden Personen war jedoch ein Hund, ein großer Münsterländer, dem ein Rad eines schweren Fahrzeugs Becken und Hinterbeine überrollt hatte. Dem Tier sah man an, es hatte viel Schmerzen, es gab aber keinen Laut von sich. Sofort begann auch ich Hilfe zu leisten. Ich vermutete, dass bei dem Hund auf Grund anzunehmender vieler innerer Verletzungen keine Aussicht auf Rettung bestand. Neben dem Tier saß ein etwa 10jähriges Mädchen, das, wie ihre Eltern, vom Unfallgeschehen noch glimpflich davon gekommen war. Es weinte und machte sich wahrscheinlich die größten Sorgen um ihren Hund. Ich meinte, in ihren Augen, in ihrem Blick zu lesen: `Tun Sie alles, damit mein Liebling nicht stirbt! Das brachte mich in arge Konflikte. Einerseits sagte mir mein Fachverstand: Für den Hund ist es das Beste, ihn wegen der sehr heftigen Schmerzen und starken Verletzungen schnell einzuschläfern. Das gequetschte Hinterteil ließ ganz wenige Hoffnungen auf eine Heilung zu.

Andererseits konnte ich es dem Kind keinesfalls antun, ich musste zumindest einen Versuch unternehmen, diesem Tier zu helfen.

Ich gab dem Tier eine recht schnell wirkende Schmerzspritze und legte es vorsichtig auf eine Decke, mit der es in meinem Auto zum Abtransport in die Tierklinik verbracht werden konnte. Das Mädchen wollte unbedingt mitfahren, aber ich überzeugte es, bei seinen Eltern zu bleiben. Scheinbar vertraute mir das Kind und überließ

mir seinen Liebling. In der Klinik zeigten die ersten Untersuchungen des Hundes einschließlich der Röntgenaufnahmen sehr komplizierte Becken und Oberschenkelbrüche. Er war inzwischen sehr geschwächt, die Wirkung der Spritze ließ nach und man merkte, dass er sehr viel Schmerzen hatte. Ich rief den Besitzer an, teilte den Befund mit und sagte: `Die Überlebenschancen des Tieres und seine vollständige Wiederherstellung sind sehr gering. Selbst mit einer schwierigen sehr teuren Operation stehen die Aussichten höchstens 50 zu 50. ´ Die Eltern baten aber im Interesse ihrer Tochter alles zu unternehmen, gerade diesen Hund zu retten. Ich hörte: „Das Mädchen war von einem früheren Unfall her körperlich behindert, es fand durch ihn einen treuen Begleiter, der ihr schon viel geholfen hatte, vor allem den Lebensmut nicht zu verlieren. Kosten sollen keine Rolle spielen."
In diesem Falle gab es kein weiteres Überlegen, es musste schnell gehandelt werden das Tier zu retten. Es gelang und ich wurde Zeuge einer ganz rührenden Fürsorge, die die Familie dem Hund angedeihen ließ, als er nach einigen Wochen von der Klink nach hause kam. Er konnte nicht mehr die Leistungen eines völlig gesunden Tieres bringen, hatte aber offensichtlich keine größeren nachhaltigen Schmerzen. Er dankte seinen Rettern durch eine beispiellose Anhänglichkeit. In der nächsten Zeit beobachtete ich, Mädchen und Hund verstanden sich fast ohne Worte, wie man das manchmal auch zwischen Menschen, die sich gut kennen und die lange Zeit zusammenleben, feststellen kann.
Ungefähr 3 Jahre nach dem Unfallgeschehen übersiedelte die Familie in eine andere weit entfernte Stadt und ich verlor sie vorerst aus den Augen. Zum Unfallzeitpunkt war der Hund 3 Jahre alt und ich vermute, er war doch wieder so hergestellt und widerstandsfähig, dass er

durchaus das für diese Rasse durchschnittliche Hundealter von 12 Jahren erreicht haben könnte. Als große Überraschung erhielt ich von dem Mädchen – es war wohl ungefähr 7 Jahre nach dem Unfall, der Hund war also 10 Jahre alt – einen Brief und ein Bild. Sie bedankte sich nochmals und teilte mit, dass sich ihr Hund noch immer wohl fühlen würde. Über dieses spezielle Hundebild, das keine Profiaufnahme ist, habe ich mich trotzdem damals sehr gefreut und es aufbewahrt.

Entscheidungen zum Einschläfern von Tieren, die schwer fielen

Ein junges Ehepaar besaß einen Rottweiler, der aufs Wort gehorchte und immer friedlich war. Dann vergrößerte sich die Familie, ein Sohn wurde geboren. Von dieser Zeit an änderten sich Charakter und Wesen des Hundes, er war eifersüchtig geworden, weil jetzt das Kind im Mittelpunkt stand. Von ähnlichen Beispielen wurde schon vielfach berichtet. Die jungen Leute erkannten aber nicht, dass sich das Verhalten ihres Hundes verändert hatte. Im Gegenteil, sie meinten, er könnte sogar den Jungen beschützen. Sie wussten nicht, dass sie keinesfalls Tier und Kleinkind unbeaufsichtigt lassen durften. Ein verhängnisvolles Unglück nahm deshalb seinen Lauf. Vor einer Kaufhalle stellte die junge Mutti den Kinderwagen ab und band daneben den Rottweiler an einen Laternenpfahl. Sie glaubte, das Tier würde niemanden an das Kind heranlassen. Sie sparte damit Zeit, denn sie konnte sich beim Einkauf freier bewegen. Plötzlich bemerkte sie, warum konnte sie später gar nicht beschreiben, draußen musste etwas mit ihrem Kleinkind passiert sein. Sie rannte aus dem Geschäft, an der Stelle, wo sie den Kinderwagen abgestellt und den Hund angebunden hatte, sah sie eine Menschentraube. Ihr kleiner Junge lag auf dem Pflaster, daneben in aggressiver Haltung der Rottweiler. Bei der Ermittlung des Herganges stellt sich heraus, die Leine des Tieres hatte sich am Wagen festgeklemmt und durch einen kräftigen Zug war dieser umgestürzt. Das Kind war heraus gefallen und der Hund hatte in dessen Oberarm gebissen. Warum er das getan hatte und keine weiteren Bissattacken erfolgten, blieb unaufgeklärt. Aus ähnlichen Fällen war anderes bekannt, die Tiere ließen meistens nicht von ihrem Opfer ab. Im Übrigen konnte nicht ausgeschlossen werden, dass er vielleicht das Baby hochheben wollte und etwas zu fest zubiss. Wahrscheinlich hielten ihn aber herbeigeeilte Menschen auch davon ab, weiter über das für ihn unliebsame Kind herzufallen. Niemand traute sich an ihn heran, zähnefletschend knurrte er alle Umstehenden an. Möglich wäre aber auch, dass er sich nach dieser Tat seiner Funktion als Beschützer des zu bewachenden Eigentums erinnerte. Er konnte zu all dem nicht gefragt werden und es blieb im Dunklen.

Die herbeigeeilte Mutter hob ihr Kind auf, bändigte das Tier und in diesem Moment erschien auch schon ein Krankenwagen, der von umsichtigen Leuten sofort herbeigerufen worden war. Die Wunde war nicht lebensgefährlich und auch der Sturz aus dem Kinderwagen ohne Folgen. Nach kurzer Zeit holten die Eltern ihren kleinen

Sohn im Krankenhaus ab und schlossen ihn liebevoll in ihre Arme. Die Mutter machte sich große Vorwürfe, dass sie unbedacht gewesen war. Außerdem hatte sie das Verhalten des Hundes völlig falsch eingeschätzt. Die jungen Leute brachten es trotzdem nicht übers Herz, ihren ehemals geliebten Hund sofort einschläfern zu lassen, obwohl diese Verfahrensweise nach diesen Vorkommnissen allgemein üblich war. Er kam ins Tierheim. Hier lernte ich den Rottweiler kennen und hörte von seiner Vergangenheit. Sein Angriff auf das Kleinkind lag nun über 3 Jahre zurück, in dieser gesamten Zeit war er nun schon in einem Zwinger, in so genannter Einzelhaft, untergebracht. Wahrscheinlich war er durch diese Umstände so aggressiv geworden, dass sich niemand getraute ihn an die Leine zu nehmen und auszuführen. Im Auslauf attackierte er die anderen Hunde und ließ sich nur schwer wieder zurück in seinen „Kerker" bringen. Fast niemand konnte ihn bändigen. Selbst einen im Umgang mit Tieren sehr erfahrenen Pfleger des Tierheimes hatte er schon zweimal gebissen. Man stellt darum den Antrag, ihn einzuschläfern, weil man glaubte, die entstandene Verhaltensstörung wäre unheilbar. Ich stand vor einer äußerst schwierigen Entscheidung, war es zu verantworten einen körperlich völlig gesunden Hund zu töten?

Ich bemühte ich mich jemanden zu finden, der diesen Rottweiler aus dem Tierheim befreien und wieder zu einem normalen Hund machen könnte. Ein kinderloses Ehepaar besaß ein Anwesen mit einem großen Garten. Es befand sich außerhalb der Ortslage und die nächsten Nachbarn wohnten weit entfernt. Sie waren für das Experiment bereit, denn sie hatten einen Hund gleicher Art verloren und recht froh, so schnell wieder Ersatz gefunden zu haben. Der Zaun um das Grundstück war dicht und das Tier nutzte fortan den Auslauf für ausgiebige

Laufbewegungen; man spürte, das hatte ihm bisher gefehlt. Die neuen Besitzer waren erfahren im Umgang mit Hunden dieser Rasse und es schien alles gut zu gehen. Sie ließen die Tür zum Zwinger, wo sein bequemer Schlafplatz war, immer offen. Dorthin konnte er sich nach Belieben zurückziehen oder im Garten herumrennen. Typisch blieb sein Verhalten, dass er sich wie toll gebärdete, wenn sich jemanden Fremdes der Zaungrenze näherte. Sie selbst glaubten, nach und nach Kontakt, wenn auch noch mit entsprechender Vorsicht, zu dem Hund gefunden zu haben. Er schien den Ehemann als so genannten Rudelsführer anzuerkennen. Da passierte das schier Unfassbare, das Ehepaar wollte das Verhalten des Hundes prüfen und sie gingen Hände haltend in den Garten. Vorsichtshalber trugen sie dicke Wattejacken. Plötzlich kam der Rottweiler angestürmt und biss die Frau in den geschützten Arm. Durch geschicktes fachgerechtes Handeln gelang es dem Mann, das Tier zu bändigen. Der Hund konnte nicht gefragt werden, aber wahrscheinlich war er, so vermute ich, wieder eifersüchtig und wollte keine Zärtlichkeiten seines Gebieters gegenüber anderen dulden. Nun waren auch diese Leute nicht weiter bereit das Tier zu behalten, es wurde eingeschläfert.

Nach dieser Geschichte, in der deutlich wird, dass es bei den Gründen für das Einschläfern immer wieder schwer zu entscheidende Grenzfälle gibt, will ich weitere Erlebnisse mit ausgesetzten, verunfallten und todkranken Tieren erzählen.

Als Anfang der 1990er Jahre die sowjetische Armee aus der DDR abzog, blieben in den verlassenen Kasernen teilweise Hunde und Katzen zurück. Die Tiere waren plötzlich herrenlos geworden, sie mussten sich nunmehr an völlig veränderte Bedingungen gewöhnen; das verstanden sie nicht und wurden deshalb oft in ihrem Verhalten verstört.

Möglicher Weise waren diese Hunde und Katzen illegal gehalten worden und man wusste wirklich nicht, wie man diese Probleme lösen sollte. Das Ganze wurde zu einer Angelegenheit für den Tierschutzverein vor Ort, der als Übergangslösung Futterstellen für diese, man kann sagen, ausgesetzten Tiere einrichtete. Um sie ins Tierheim zu bringen mussten die scheuen Wesen erst eingefangen werden. Ich war in jener Zeit Vorsitzender des städtischen Tierschutzvereins. Eines Abends, gegen 20 Uhr, wurde ich von einem Mann angerufen, auf der Straße vor den Russenkasernen würden zwei überfahrene Hunde liegen, die aber noch lebten. Zusammen mit meiner Frau fuhr ich dorthin, am Fahrbahnrand lagen zwei schwer verletzte mittelgroße Mischlinge. Ganz offensichtlich waren es von den Soldaten zurückgelassene Tiere, die durch ihr gestörtes Verhalten unvorsichtig über die Straße gelaufen waren. Ob der Anrufer der Unfallverursacher war, wurde nicht ermittelt, das hätte letztlich auch nicht viel gebracht. Einem Hund war nicht mehr zu helfen, er starb kurz nach unserem Eintreffen, den anderen verfrachteten wir vorsichtig ins Auto und fuhren sofort zur Tierklinik, wo wir unser Kommen telefonisch angekündigt hatten. Bei diesem Tier war neben einigen weniger gefährlichen Fleischwunden ein Wirbelknochen angebrochen und ein Beckenknochen gebrochen. Wir meinten, dem etwa 3 Jahre alten herrenlosen Hund könnte geholfen werden, wenn sich jemand für seine Pflege findet. Die Behandlungskosten könnte der Tierschutzverein übernehmen, aber im Tierheim gab es keine Pflegemöglichkeiten. Es blieb die Frage offen: Wer übernimmt ein relativ schwer krankes Tier, wenn außerdem viele gesunde ebenfalls auf ein neues Zuhause warten?

Die kluge Katze nahm den Menschen eine Entscheidung ab

Insgesamt meinen wir häufig, was uns gefällt und uns glücklich macht muss auch ebenso für unsere Haustiere zutreffen. Dass wir uns dabei oft irren, zeigen uns die eigenwilligen Hauskatzen. Sie bestimmen selbst, was und wen sie mögen. Sie halten sich nur dort auf, wo sie sich wohl fühlen, lassen sich nur von Menschen streicheln, die ihnen gefallen und auch nur mit diesen schmusen sie.

Bei einem Ehepaar hatte eine Katze 15 Jahre lang ein sehr gutes zu Hause gefunden. Tier und Menschen hatten sich so aufeinander abgestimmt, dass man von einem zufriedenen, ja vielleicht sogar glücklichen Zusammenleben sprechen konnte. Die Katze fühlte sich rund herum wohl und bekam neben bester Pflege das Futter, das ihr besonders schmeckte. Wenn es ihr danach war, verlangte sie ihre Streicheleinheiten, die ihr nie vorenthalten wurden. Sie zeigte ihre Dankbarkeit durch eine große Anhänglichkeit. Sie freute sich z. B. auf ihre Art, wenn ihre „Herrschaft", die sie mochte, nach hause kam, dann strich sie schnurrend um deren Beine und legte sich neben sie auf die Stellen im Sessel oder auf das Sofa, wo sie spürte, das tat allen gut. Das hätte noch Jahre so weiter gehen können, aber bei der Katze stellten sich die üblichen Alterserscheinungen und Krankheiten ein, die zu vielen Beeinträchtigungen führten. Zähne fielen aus, bzw. mussten gezogen werden, ihr fiel alles sehr schwer und auch selbst ihre Lieblingsspeisen bekamen ihr nicht mehr. Sehr häufig musste die Tierarztpraxis aufgesucht werden. Es wurden aber keine Kosten und Mühen gescheut, um ihr einen erträglichen Lebensabend zu bieten; so jedenfalls würde man ähnliches Bemühen bei Menschen bezeichnen. Eines Tages aber fand das Ehepaar ein sehr junges ausgesetztes Kätzchen. Als sie es nach Hause brachten entstand die bekannte Rivalität zwischen den beiden Tieren. Die alte Katze zeigte unverhohlen, wie eifersüchtig sie auf das junge Wesen war. Ihr Gesundheitszustand verschlechterte sich vielleicht auch deshalb zusehends. Ob bei Tieren diese seelischen Leiden auch Einfluss auf das körperliche Befinden haben, ist noch nicht bis ins Letzte erforscht. Sie blieb im Garten, wenn sie wusste, die Kleine hält sich in der Stube auf. Sie erhielt deshalb im Keller einen separaten Eingang und im Waschhaus einen warmen Platz für sich allein. Zusehends verschlechterte sich aber ihr gesundheitliches Befinden, man merkte, ihr wurde das Leben zur Qual. Der Tierarzt empfahl, sie einzuschläfern. Diese schwere Entscheidung nahm die Katze den Menschen, die sie offensichtlich sehr mochte, ab. Sie blieb eines Nachts weg, ganz gewiss starb sie an irgendeinem versteckten Platz einsam und für sich allein. Sie konnte deshalb auch nicht, wie vorgesehen, im Garten begraben werden.

Oswin der Hundefänger

Zartbesaitete sollten die nächste Geschichte überblättern. Es wäre aber falsch diese Erlebnisse aus früheren Zeiten zu verschweigen, weil gegenwärtig in der Welt noch immer ähnliches geschieht. Vielleicht gelingt es aber durch Offenlegung dieser Geschehnisse Mitstreiter für einen weltweiten Tierschutz zu gewinnen.

Es ist für uns heute absurd, aber bis in die 1940er Jahre gehörten Hunde zu den Tieren, die sogar in öffentlichen Schlachthöfen geschlachtet werden durften und deren Fleisch verspeist wurde. Unsere Zivilisation hat aber erfreulicherweise zu Normen gefunden, die jetzt genau gesetzlich festlegen, welche Tiere zu den Schlachttieren zählen; Hunde und Katzen gehören nicht mehr dazu. Diese Tierarten werden in der Neuzeit vorrangig aus Liebhaberei und für Freizeitbeschäftigungen gehalten, aber auch in diesem Rahmen sind sie nützlich.

Während meiner Kindheit wohnte in unserer Nachbarschaft ein Junggeselle, heute heißt es Single. Er war schon ungefähr 60 Jahre alt und sollte Gerüchten zu Folge ein sehr bewegtes Leben hinter sich haben. Es war stadtbekannt, dass er Hunde und Katzen fing, sie schlachtete und Fleisch sowie Felle verkaufte. Damit finanzierte er vor allem seinen Alkoholkonsum, denn er war sehr häufig betrunken. Wir Kinder machten uns einen Jux daraus, ihn zu hänseln, wenn er vor seiner Haustür hingefallen war. Er war oft so stark berauscht, dass er den Schlüssel nicht ins Schloss brachte und sich nicht mehr auf den Beinen halten konnte. In diesem Zustand war es ihm auch nicht möglich uns zu verfolgen, wenn wir vor ihm ausrissen. So konnte er uns nur beschimpfen. Uns hatte es aber ganz brennend interessiert, wo und wie er die Hunde und Katzen schlachtete. Das zu erkunden gelang uns nie; er würde, so wurde gemunkelt, die Tiere nachts fangen, töten und heimlich im Keller, wo die Fenster mit Brettern verschlagen waren, das Fleisch und die Felle für den Verkauf fertig machen. Während meiner Kindheit mussten wir nachts immer zu hause im Bett bleiben und harte Strafen wären uns gewiss gewesen, wenn wir uns mal davongeschlichen hätten. Deshalb konnten wir also auch nie das sträfliche Tun von Oswin, so hieß er, beobachten. Er hatte übrigens den Spitznamen `Oswin Tod´; der war aber nicht etwa dadurch entstanden, dass er unsere liebsten Haustiere tötete, sondern durch ein Kuriosum: Als junger Mann hatte er mit einer Frau ein Kind, beide verließ er aber plötzlich und unvermittelt. Er ging auf Wanderschaft, wie man früher sagte, und war mehrere Jahre spurlos verschollen. Nach langer Zeit kam eines Tages zu Hause eine Postkarte ohne Absender an, nur mit dem Text: `Oswin tot. ´ Da für die Briefträger damals das Postgeheimnis ein Fremdwort war, wurde diese Mitteilung schnell stadtbekannt. Jahre darauf tauchte er frohgemut wieder in unserer Kleinstadt auf und der Spitzname war perfekt. Dazu kam aber noch eine weitere Seltsamkeit:

In unserem Ort gab es eine Familie mit dem Namen Teufel und eine andere mit dem Spitznamen `Lieber Gott. ´ Dieser Scherzname war entstanden, weil der Familienvater immer und überall zu jeder passenden und unpassenden Gelegenheit diese Worte sagte. Dem noch nicht genug, sondern: `Die Tochter vom Oswin Tod heiratete den Sohn vom Teufel und sie wohnten im Haus vom Lieben Gott zur Miete. ´ Oswin wurde aber von seiner Familie ausgeschlossen und führte dieses beschriebene abwegige liederliche Leben.

Während meiner Kindheit behaupteten Wunderheiler, die damals sehr viel Zuspruch hatten, mit Hundefleisch könnte man die Tuberkulose heilen. Diese Erkrankung war in jener Zeit immer noch eine richtige Geißel der Menschheit und vor allem arme Leute, die wenig zu essen hatten, erkrankten und starben daran. Es war aber nicht die Heilwirkung dieses Fleisches, sondern eher das billigere Nahrungsmittel, das damit in größeren Mengen gegessen werden konnte und die Widerstandskraft der Kranken verbesserte. Oswin hatte also einen guten Absatz für das Hundefleisch. Kurpfuscher, so nannte man die Leute, die keine Ärzte waren und vorgaben, heilen zu können, besorgten für ihn die Werbung für den Verkauf des billigen Fleisches. Aber dann passierte ihm ein Missgeschick. Eines Nachts irrte eine große Dogge durch die Straßen der Stadt, sie war wahrscheinlich zu hause ausgebüxt. Eine gute Beute für den Fänger, zumal das Tier recht zahm war und sich leicht an die Leine nehmen ließ. Ich könnte mir vorstellen, dass der Hund bestimmt große Angst ausgestanden hat, als er in den Kellerraum verbracht wurde, wo alles nach getöteten Tieren roch. Jedenfalls hat ihn Oswin geschlachtet, denn seine Größe und der gute Nährzustand versprachen eine reiche Fleischausbeute. Nur hatte er aus Versehen den Hund des Bürgermeisters erwischt, den dieser erst seit kurzem besaß. Die Dogge war also ein Neuling in der Umgebung, die auch der Fänger noch nicht kannte. Der allgewaltige Mann der Stadt beauftragte den Ortspolizisten mit der Suche nach dem vermissten Rassehund. Sehr schnell wurde Oswin als Missetäter ermittelt, verhaftet und es kam zur Gerichtsverhandlung.

Im Hundebändigen war der Kerl offensichtlich ein Fachmann. Ich kann mich auch nicht erinnern jemals gehört zu haben, dass Schmerzenslaute der Tiere aus dem Schlachtraum im Keller nach draußen gedrungen wären.

Es klingt grausam, aber wahrscheinlich beherrschte er das Töten ganz fachmännisch.

Das Ereignis mit dem „Bürgermeisterhund" erregte großes Aufsehen und war wochenlang Stadtgespräch. Auch wenn er es illegal getan hatte, konnte es Oswin nicht besonders zur Last gelegt werden, einen Hund geschlachtet zu haben, denn Hunde gehörten zu den Schlachttieren. Sein Eingriff in fremdes Eigentum, Tiere waren also eine Sache, wurde jedoch streng bestraft. Er verbüßte eine Gefängnisstrafe, nach seiner Freilassung gab er aber sein böses heimliches Tun trotzdem nicht auf. Im Gegenteil, jetzt waren vor allem die Katzen seine bevorzugten Beutetiere. Ihre Felle, gegerbt und hergerichtet, so wurde behauptet, würden Rheumakranken helfen und ihre Schmerzen lindern. Ich weiß, dass auch meine Großeltern und Eltern stark der heilenden, wärmenden Wirkung dieser Felle vertrauten. Bei Kreuzschmerzen, vor allem dem so genannten Hexenschuss, wurden sie in der Lendengegend aufgelegt und der Effekt war nicht nur Einbildung. Oswin trocknete die Felle und hatte scheinbar seine eigenen Methoden sie so zu bearbeiten, dass sie sich für die gepriesene ´medizinische Anwendung´ eigneten. Er fand viele Abnehmer und hatte wiederum genügend Geld für seine Trinkereien.

Inzwischen begann 1939 der 2. Weltkrieg. In dessen letztem Jahr und vor allem in der Zeit danach wurden für die Bevölkerung die Fleischzuteilungen immer geringer. Es entwickelte sich ein Schwarzmarkt, auf dem besonders Kaninchenfleisch zu sehr hohen Preisen zu erwerben war. Betrüger nutzten das, an dessen Stelle Katzenfleisch unter zu schieben. Es galt deshalb der dringende Hinweis, bei all diesen illegalen Geschäften geschlachtete Kaninchen nur zu kaufen, wenn der unverwechselbare Kaninchenkopf noch eine feste Fleischverbindung zum übrigen Schlachtkörper hatte. Trotzdem, so hörte ich, haben manche Unerfahrene unbewusst Katzenfleisch gekauft und gegessen.

Die kriminellen Tierfänger sind allerdings auch heute noch nicht ausgestorben. Nur wofür sie besonders Katzen fangen, das hat sich geändert. Heute zahlen manchmal Versuchstierlabors – auch im Ausland - für die illegale Beschaffung von Tieren gute Preise. „Geld verdirbt den Charakter", sagte mein Opa schon vor mehr als einem dreiviertel Jahrhundert. Das stimmt noch heute und gewissenlose schlimme Menschen finden immer wieder Möglichkeiten für ihre sträflichen Handlungen. Erfreulicher Weise sind heute Tierschutzorganisationen sehr wachsam, nicht alle, aber zahlreiche verbotene Tierfängereien werden aufgedeckt und bestraft. Mehr Unterstützung wünschte man sich dabei von der gesamten Bevölkerung.

Paul bildete sich ein
eine Kuh in Indien gewesen zu sein

Ich kannte in den 1930er Jahren in unserer Kleinstadt
einen älteren Mann mit dem Vornamen Paul, den viele
für ein klein wenig verrückt hielten, weil er gern abson-
derliche Geschichten erzählte. Er freute sich, wenn er vor
allem Kinder fand, die ihm zuhörten. Ich suchte oft die
Gelegenheit ihn anzustacheln uns wieder davon zu berichten, wie er in einem früheren Leben als Tier auf der
Welt gewesen wäre. Paul verband vieles mit tatsächlichen Ereignissen, von denen wir auch schon im Ge-
schichts- und Erdkundeunterricht etwas gehört hatten. Er
behauptete z. B., ehemals in Indien als Kuh gelebt zu
haben."
Wir erklärten damals Paul als Spinner, aber seine Erzählungen ließen uns doch nachdenken und vor allem träum-
te ich oft davon. Mir geht es tatsächlich manchmal so,
dass ich nach einem Traum mir alle Mühe geben muss
zu unterscheiden was kann wirklich passiert sein oder
was war tatsächlich nur ein Hirngespinst. Als Kind hatte
ich damit besonders große Schwierigkeiten, vor allem,
wenn ich mir Geschichten von Paul angehört hatte.
Paul erzählte uns aber, dass er vor 250 Jahren als Kuh in
einer großen Stadt in Indien gelebt habe; dort war er damit ein heiliges Tier. Er behauptete, durch diesen Status
vor allem sicher vor dem Raubtier Mensch gewesen zu
sein, denn überall auf der Welt würden Tiere gejagt und
getötet. Nur so ganz glücklich sei er nicht geworden, er
wusste nicht wie alles weitergehen sollte, wenn er stirbt.
Dass er als Kuh auch in Indien nicht das ewige Leben
hat, war ihm klar. In welche Haut er dann schlüpfen sollte, das müsste er sich aber noch überlegen. Als Rind
selbst hatte er zwar genug zu fressen, er durfte sich ü-

berall selbst bedienen; dagegen waren viele Menschen arm und konnten sich nicht einmal satt essen. Jetzt nach so vielen Jahren würden ihm die Erinnerungen an das Kuhleben und die Ereignisse drum herum immer deutlicher. So wüsste er noch, dass eines Tages in Indien Unruhen gewesen wären. Auf den Straßen der Stadt hätte er sich plötzlich fürchten müssen, weil sich die Menschen gegenseitig totgeschossen haben. Er aber als heiliges Tier wurde verschont, er kam mit dem Leben davon, erklärte Paul. Wir zuhörenden Kinder lachten über diese Erzählungen und meinten, er habe das alles nur geträumt. Da wurde der Mann richtig böse und sagte: „Ihr habt ja keine Ahnung. Auf der Welt sind immer und überall Kriege und Kämpfe. Die Inder wollten doch die englischen Kolonialherren loswerden. Wenn ihr mir nicht glaubt erzähle ich nicht weiter." Wir suchten ihn zu versöhnen und kamen selbst tatsächlich auch ins grübeln. Mit den Aufständen, da hatte er ja nun wieder recht, denn davon war auch schon bei uns im Geschichtsunterricht die Rede. Uns Deutschen waren nach dem Weltkrieg 1918 die Kolonien weggenommen worden. Jetzt Anfang der 1940er Jahre war wieder ein Weltkrieg und es wäre in Ordnung, wenn auch die Engländer jetzt endlich von den dortigen Besitzungen vertrieben würden. So dachten wir damals als überzeugte Pimpfe des Deutschen Jungvolks, der Kinderorganisation der Hitlerjugend.
Ungläubig fragten wir damals jedoch Paul, wie und warum er als ehemalige Kuh in Indien jetzt Anfang des 20. Jahrhunderts in Deutschland als Mensch geboren werden konnte und nunmehr Anfang der 1940er Jahre hier lebt. Da brachten wir den Mann zuerst in Konflikte, er kam ins Stottern. Nachdem er den Erzählfaden wieder gefunden hatte hörten wir unglaubliche Dinge. Wir, die wir damals weniger aufgeklärt waren, wir hatten noch

54

kein Fernsehen und kein Internet, ließen uns deshalb doch so manchen Bären aufbinden.

Paul verstand es uns glaubhaft zu versichern, dass er als indische Kuh denken konnte. Er hätte, so meinte er, ein Kuhalter von 20 Jahren erreicht und sich, als er spürte es geht zu Ende, an einem stillen Ort außerhalb der Stadt im Gebüsch zum Sterben niedergelegt. Dabei wäre ihm durch den Kopf gegangen, dass es vielleicht von Vorteil sein könnte später einmal als Mensch wiedergeboren zu werden. Nun schilderte er uns ein Großes und ein Breites welche Vergünstigungen wir Menschen auf dieser Welt genießen. Das Wichtigste wäre aber, so betonte er, dass die gesamte Tierwelt dem Menschen untertan sei. Alle Tiere müssten uns gehorchen, das sei so in der Entwicklung vom Niederen zum Höheren und von Gott gewollt. Meine Zweifel, dass dies für Raubtiere aber nicht gelte, tat er mit der lässigen Bemerkung ab: „Wenn diese nicht zahm werden wollen, dann sperren wir sie in Käfige, das hast du doch schon im Zoo gesehen." All das interessierte uns jedoch nur am Rande, wir wollten wissen, wie und mit welchen Tricks er bestimmen konnte als was er geboren werden wollte, denn ein Mensch war er ja nun tatsächlich geworden. Dazu nannte er als erstes die bekannten Sprüche: „Der Glaube kann Berge versetzen" und „Der Mensch denkt, Gott lenkt." Danach fragte er uns: „Was tut ihr, wenn ihr einen besonderen Wunsch habt, den euch eure Eltern nicht erfüllen wollen?" Wir antworteten etwas unsicher, weil wir den Zusammenhang nicht ganz verstehen konnten: „Entweder wir werden trotzig, wir denken ständig darüber nach was wir tun könnten, um doch noch unser Ziel zu erreichen oder wir glauben daran, dass ein Wunder geschieht." Paul lobte unsere kluge Antwort und bestätigte, dass gerade im zuletzt von uns genannten, durch festen Glauben etwas Unmögliches zu erreichen, die ganze Wahrheit stecken würde. Aber all das habe er erst als erwachsener Mensch erkannt. Seine Eltern waren ganz normale Leute und besaßen einen kleinen Bauernhof in einem Dorf in Deutschland wo er geboren wurde und auch aufwuchs. Die Erinnerungen, dass seine Seele und seine Gedanken ehemals vor vielen, vielen Jahren in einer Kuh in Indien gesteckt haben sollen, wären ihm gekommen, als er ungefähr 20 Jahre alt war. Er hätte gerade die Kühe im Stall gefüttert und da guckte ihm ein Tier so eindringlich und eigenartig an, dass ihm plötzlich die Erleuchtung kam: „Du warst in einem früheren Leben eine denkende Kuh in Indien. Du hast damals fest daran geglaubt, dass eine höhere Macht, vielleicht Gott, in der Lage ist, dich als Mensch wieder auf die Welt kommen zu lassen. Das geschah und jetzt bist du da." Bei diesen Worten schaute uns Paul so verklärt an, dass wir Angst bekamen und dachten: „Jetzt wird er verrückt." Sein Ausdruck normalisierte sich aber schnell wieder und er sagte: „Was ich durch Glauben an Gott und seine Lenkung erlebt und geschafft habe kann man niemanden vermitteln, dazu muss man auserwählt sein. Vielleicht ist auch einer unter euch, dem ein ähnliches Wunder widerfährt. Ihr dürft das, was ich nur euch anvertraute aber keinem verraten." Lange behielt ich dieses Geheimnis auch für mich bis meine Alpträume, ich wäre eine heilige Kuh, so schlimm wurden, dass ich sie unbedingt jemanden beichten musste. Meine verständnisvolle Großmutter hörte sich alles geduldig an und brachte mich auf den Boden der Wirklichkeit zurück.

Ich und nur wenige meiner Schulkameraden besuchten in den 1940er Jahren die Konfirmandenstunde. Unser Pfarrer hatte es in der Zeit des Nationalsozialismus sehr schwer uns die christliche Lehre beizubringen. Er verstand es aber uns interessante biblische Geschichten zu erzählen, bei denen wir ebenfalls aufmerksam zuhörten. Er sprach z. B. auch über unbegreifbare Veränderungen der Natur, der Heilung Todkranker und ähnlicher Wunder, wie sie in der Heiligen Schrift niedergelegt sind. Ich erinnere mich, dass mich damals meine Freunde, die mit mir die Geschichte von Paul gehört hatten, anstachelten den Pastor zu fragen: „Gibt es das Wunder, dass Menschen früher als ein Tier gelebt haben und sich ganz genau daran erinnern?" In unserer Kleinstadt kannten sich fast alle Leute untereinander und der Pfarrer wusste sofort bescheid, warum ich diese Frage stellte. Er wurde nicht böse, was meine Mitkonfirmanden gern gesehen hätten, sondern sagte: „Du meinst bestimmt die Geschichte, die Herr Paul... euch Kindern gern erzählt. Er ist kein absolut Geistesgestörter, wie viele in unserer Stadt behaupten, sondern ein bedauerlicher Mensch, der ein gestörtes Verhältnis zwischen Wirklichkeit und Einbildung hat. Fasst das, was er euch erzählt als Märchen auf, denn Märchen sind frei erfundene Begebenheiten."

Damit war damals für mich als Kind wieder alles in Ordnung und wir hörten uns die Märchen, die uns Paul erzählte trotzdem gern weiterhin an.

Was geschieht mit verendeten Haustieren?

Meine Enkel und mein Urenkel wissen, dass ich gern Geschichten über Tiere erzähle. Hin und wieder besuchen sie mich deshalb, aber ich weiß nicht, ob sie mir mit ihrem Zuhören einen Gefallen tun wollen, oder wirklich interessiert sind. Als mein13jähriger Urenkel fragt: „Wohin werden Hunde und Katzen aber auch Meerschweinchen und die anderen Haustiere gebracht, wenn sie eingeschläfert wurden oder gestorben sind?" merkte ich, dass ihm ein Erlebnis beschäftigt, das ich auch gleich von ihm erfuhr: „Der junge schwarze Kater unseres Nachbarn wurde vorigem Monat auf der Straße vor unserem Grundstück von einem Auto überfahren. Die Leute waren ganz bestürzt und traurig, er starb in den Armen der Frau als sie ihn ins Haus trug. Das Tier war erst vor wenigen Tagen kastriert worden; sie meinten, er sei davon noch verstört gewesen und machten sich Vorwürfe, dass sie ihn vielleicht zu früh wieder ins Freie gelassen hatten. Sie begruben die Katze im Garten und die Kinder richteten die Stelle fast wie ein Grab her, auf das sie auch einige Blumen legten. Das find ich gut, aber das ist doch bestimmt eine Ausnahme; die meisten gestorbenen Tiere müssen entsorgt werden, so bezeichnet es mein Vater. Nähere Erklärungen dazu hat er mir aber auch noch nie gegeben, er meinte, es wäre besser wenn ich als Kind das gar nicht wüsste."
Daraufhin beginne ich zu erzählen: „Ich denke, dass es für Kinder ein großer Schock ist, wenn sie unvorbereitet etwas Schreckliches erfahren und plötzlich verendete Tiere sehen. Mir jedenfalls ging es so mit unserer Katze Mieze. Auf diesen typischen Katzennamen hörte sie. Sie war mir sehr ans Herz gewachsen; mit ihr spielte ich oft und gern, sie ließ sich als altes kluges Tier von mir uner-

fahrenem Kind sehr viel gefallen. Sie hat mich nicht ein einziges Mal gekratzt oder gebissen, wenn es ihr zuviel wurde ging sie einfach davon und verkroch sich in der Scheune oder irgendwo im Haus. Mieze war in dem Jahr, als ich 6 wurde, genau 20 Jahre alt. Das musste ich mir aber damals selbst ausrechnen, denn ich war also 6 und mein Großvater behauptete immer Mieze wurde im gleichen Jahr geboren wie meine Tante Gudrun, die 14 Jahre älter war als ich."

„Uropa, das ist doch direkt eine komplizierte Textaufgabe, die du richtig gelöst hast und wie wir sie oft in der Schule gestellt bekommen. Da staune ich, wie du das als Vorschulkind herausbekommen hast!"

„Wie ihr das heute löst – mit Gleichungen mit Unbekanntem X usw. – das konnten wir selbst später in der Volksschule nicht. Aber logisch denken und zusammenzählen schaffte ich schon in sehr frühen Kindesjahren. Jedenfalls ist 6 plus 14 gleich 20, das zählte ich an den Fingern ab, wozu ich meine und die Hände meines Großvaters brauchte.

Aber zurück zu unserer Mieze, die war eines Tages plötzlich verschwunden und ließ sich auch in den nächsten Wochen nicht mehr blicken. Mein Opa sagte: `Das Tier hat sich zurückgezogen und ist bestimmt irgendwo in einem Versteck gestorben, wenn ich sie finde, werden wir sie im Garten begraben.´ Er fand sie nicht, aber es war für mich schockierend, als ich ungefähr vier Wochen später die tote Mieze im großen Misthaufen in unserem Hof entdeckte. Dieser Mist wurde, sobald der Haufen zu groß geworden war und geeignete Flächen zur Verfügung standen, mit Pferdewagen aufs Feld gefahren. Per Hand luden die Männer mit Mistgabeln diesen stinkenden Dung auf. Es war eine unangenehme Arbeit, trotzdem machte ich als Kind oft und gern mit; ich arbeitete mit einer klei neren Gabel und wollte immer zeigen, wie groß und stark ich schon bin. Bei einem Einstechen in die Dungmasse durchbohrte ein Zinken meiner Gabel den Körper einer Katze. Voller Schrecken hob ich sie hoch und stellte fest: `Es war Mieze! ´ Ich glaube, ich habe aufgeschrieen und musste stark mit mir kämpfen, um nicht bitterlich zu weinen. Mein Großvater versuchte mich zu beruhigen und kündigte an, dass wir sie noch im Garten begraben werden. Es folgte ein tiefgründiges Gespräch in dem er mir erläuterte: `In den Bauernhöfen werden vielfach gestorbene kleinere Tiere einfach auf den Mist oder in die Jauchegrube geworfen. Wahrscheinlich hat jemand Fremdes außerhalb unseres Grundstückes die tote Mieze im Gebüsch gefunden und bedenkenlos über die Hofmauer auf den Dunghaufen geschmissen. ´ Ich nehme heute an, er wollte davon ablenken, dass es durchaus jemand von unserer Familie oder sogar er selbst gewesen sein konnte.

Vielleicht wäre es richtiger gewesen, mich schon früher über diese Handhabung aufzuklären, das hätte mir den großen Schock erspart. Ich erfuhr nun, dass es zwar Vorschriften über die Beseitigung verendeter Haustiere gäbe, aber z. B. das Abliefern an Abdeckereien vielen zu umständlich und zu teuer sei. Sie erledigten deshalb die Entsorgung, wie diese Handhabung auch dein Vater bezeichnet, auf ihre Weise.

Wenn auch viele die Ohren davor verschließen gehört dies alles zur Wirklichkeit. Ich denke dabei an die Worte meiner, für die damalige Zeit recht fortschrittlichen, Oma. Als ungefähr Zehnjähriger hörte ich von ihr eine Erklärung, die ich es jedoch nur noch sinngemäß wiedergeben kann: `Bei einer Geburt, ob Mensch oder Tier, freuen sich alle. Wir sollten dabei aber auch daran denken, dass alle auf die Welt gekommenen einmal sterben müssen. Man muss den Dingen ins Auge schauen und wissen, dass in der Natur bei Wildtieren alles sehr praktisch eingerichtet ist. Entweder die Tiere fressen sich gegenseitig auf, oder Aasgeier bzw. Schakale beseitigen den Rest. Sie sorgen für Sauberkeit in der Landschaft und verhindern dabei auch die Übertragung schlimmer Krankheiten. Uns Menschen obliegt eine ähnliche Verantwortung für die uns anvertrauten Haustiere. Wenn diese gestorben sind müssen sie ordnungsgemäß beiseite geschafft werden, so wie es die Natur fordert. ´

Diese Belehrungen habe ich damals noch nicht in seiner vollen Tragweite verstanden. Ich will mich aber in deine Gedankenwelt, d. h. die eines 13jährigen versetzen und die Erlebnisse und Geschichten über Praktiken bei der Beseitigung verendeter Haustiere, die ich dir nun erzähle, dem anpassen.“

„Uropa, du brauchst mich nicht mehr als kleines Kind zu behandeln. Ich habe freilich begriffen, in der Natur ist alles zweckmäßig eingerichtet und wir Menschen müssen uns auch danach richten. Ich kann auch harte Sachen verkraften, nur meine Eltern glauben immer, ich sei für dies und jenes noch nicht reif. Deshalb darf ich auch bei manchen Fernsehfilmen nicht mit zusehen und im Computer kontrollieren sie häufig welche Seiten ich aufrufe. Je früher ich aber die Wirklichkeit kennen lerne, umso besser kann ich mich überall behaupten. Meine Schulkameraden prahlen nämlich andauernd damit, was sie von den Älteren und von Vater und Mutter schon alles erfahren haben. Es wurmt mich, wenn ich da nicht mitreden kann.“

„O.K., ich werde mit dir wie mit einem Erwachsenen sprechen. So sollst du auch als erstes etwas über Abdecker oder Schinder hören. Diese Begriffe werden heute nur noch selten gebraucht, so bezeichnete man vor allem früher aber die Leute, die gestorbene Tiere oder Schlachtabfälle aufsammelten, die daraus verwertbaren Teile aufarbeiteten und den Rest beseitigten. Bis ins 18. Jahrhundert übten sie neben dieser Tätigkeit, die oft nicht genug einbrachte, als Zusatzverdienst die Funktion des Henkers aus. Es waren Menschen, um die man gern einen Bogen machte, die wenig Achtung erfuhren und teilweise als Ausgestoßene galten. Mein Opa erzählte mir Ende der 1930er Jahre mehrmals die Geschichte vom `Schinderhannes´, der diesen Namen erhalten hatte, weil er Lehrling bei einem Abdecker, also Schinder, war, bis er der Chef einer Räuberbande wurde. Als Erwachsener stellte ich fest, die Story, die ich dazu von meinen Großvater vernahm, stimmte in einigen Punkten nicht mit den geschichtlichen Tatsachen überein. Damals wurde gern einiges hinzugedichtet, um vielleicht alles recht spannend zu machen.“

„Das ist heute nicht anders!“

„Schinderhannes war ein raffinierter Dieb, der Pferde und Wertsachen stahl, um sie dann gegen hohes Lösegeld den Besitzern wieder zu zuführen. Nach den Erzählungen meines Großvaters sollen seine Vorfahren alle Abdecker und Henker gewesen sein. Schon als 16jähriger klaute er Schafe, Rinder und andere Haustiere, die er grausam tötete. Deren Fleisch und die Felle verkaufte er, wobei ich von meinem Opa dazu hörte, dass er Teile von verstorbenen Tieren auch als genießbar veräußerte.“

„Das wäre ja schrecklich gewesen, ich mag mir das gar nicht vorstellen; die Menschen haben vielleicht ahnungslos Tierleichen gegessen.“

„Schinderhannes wurde eines Tages von den Gendarmen gefangen genommen und eingesperrt, er entwischte aber nachts über das Dach des Rathauses, in dem sich die Zellen für die Eingesperrten befanden. Als ausgebrochener Dieb und Räuber war er nun vogelfrei."

„Ich weiß, das bedeutet, er war rechtlos und ein Ausgestoßener, der von allen ergriffen und misshandelt werden durfte."

„Richtig, aber ab dieser Zeit trieb er dann sein Unwesen als Bandenanführer im Taunus und besonders im Raum zwischen Saarbrücken und Mainz. Er war der Schrecken der Bevölkerung. Er machte aus Diebstahl, Raub und Erpressung ein Geschäft; er soll damit sehr gut verdient haben. Mein Opa behauptete noch im aufgeklärten 20. Jahrhundert: `Der Schinderhannes war mit dem Teufel im Bunde. Außerdem kann ein Räuber, Tiermörder und Dieb von diesem Format nur ein gelernter Schinder bzw. Abdecker gewesen sein. ´ Belehrend sagte mir mein Großvater: `Der Schinderhannes begann als Kind mit seinen Untaten und wurde zu Recht schon im Alter von Mitte 20 verurteilt und hingerichtet. Es bewahrheitet sich immer wieder: *Wehret den Anfängen, wer als Kind stiehlt kann es später dann auch nicht mehr lassen. ´* "

„Uropa, nach deinen Worten wären Abdecker und Abdeckereien etwas schlechtes, gibt es die eigentlich auch heute noch?"

„Ja, aber man nennt sie nicht mehr so und den schlechten Ruf, den sie im 18. Jahrhundert hatten, haben sie verloren. Weil vielfach gestorbene oder eingeschläferte Haustiere in diese Einrichtungen verbracht werden, will ich zum besseren Verständnis zunächst einiges über Abdeckereien darstellen, welche Aufgaben sie haben und wie sie heute teilweise als moderne Entsorgungseinrichtungen arbeiten.

Schon seit alters her hatten die Menschen Angst vor Seuchen. Vor allem bestand auch die Gefahr, dass sie von Tieren mit schlimmen übertragbaren Krankheiten angesteckt werden konnten. Tollwut war z. B. seit Jahrhunderten sehr gefürchtet; man wusste bereits in frühren Zeiten, dass durch den Biss eines kranken Hundes, diese Erkrankung, die damals für Menschen tödlich verlief, übertragen werden konnte. Eine Gefahr waren in den Großstädten die herrenlosen, streunenden Hunde; so wurde im 18.Jahrhundert in Paris eine Polizeiverordnung erlassen, nach der tote Hunde in den Fluss, in die Seine, zu werfen sind. Eine gefährliche Maßnahme, denn es wäre besser und richtiger gewesen die toten krankheitsverdächtigen Tiere in Abdeckereien zu bringen und dort gefahrlos zu beseitigen.

In vielen Ländern Europas übernahmen ab dieser Zeit die Abdeckereien vorrangig Aufgaben der Tierseuchenverhütung und –bekämpfung, das drückt sich auch in der ab den 20.Jahrhundert eingeführten Namensgebung `Tierkörperbeseitigungsanstalten´ (TKBA) aus. Allerdings erhielten später in einigen Ländern, auch in der DDR, diese Einrichtungen den Namen Tierkörperverwertungsbetriebe (TKVB), darin zeigte sich gleichermaßen, dass nun vorrangig Eiweißfuttermittel hergestellt und wieder verwertbare Produkte gewonnen werden sollten. Die Bevölkerung war jederzeit wenig darüber informiert, dass gestorbene Pferde, Rinder, Schweine, Hunde, Katzen und weitere Heimtiere in TKVB zu Tiermehl verarbeitet wurden. Dieses Futter erhielten die Nutztiere, deren Fleisch wiederum wir Menschen essen. Wer es erfuhr und nachdachte, war schockiert."

„Darüber habe ich mir tatsächlich noch nie Gedanken gemacht, kann man davon auch krank werden?" fragt Joseph.

„Unmittelbar nicht, dafür gab und gibt es Behandlungsvorschriften für diese Futtermittel. Aber bei Nichtbeachtung von Grundsätzen kam es auch schon hin und wieder zu Zwischenfällen. Ein treffendes Beispiel hierfür ist aus den letzten Jahrzehnten bekannt und bis heute noch nicht endgültig aufgeklärt.

Ab den 1980er Jahren erkrankten in England Rinder an BSE - auch unter den Namen Rinderwahnsinn bekannt. Menschen steckten sich an und starben. Diese Seuche breitete sich in den 1990er Jahren über ganz Europa aus. Es wurde u. a. angenommen, an der Entstehung und Ausbreitung dieser ansteckenden Krankheit seien nicht ausreichend erhitzter Produkte aus den TKVB (Tiermehl) mit verantwortlich. Besonders nach diesen Feststellungen änderten sich die Auffassungen zum unbedenklichen Einsatz der Futtermittel aus diesen Betrieben."

„Urgroßvater, jetzt hast du mir wieder einmal viel Fachliches erzählt, aber es war interessant und über die BSE habe ich auch schon allerhand gehört.   Du hast diese Krankheit auch schon mehrmals erwähnt. Kürzlich habe ich in einem Film gesehen, dass damals in England die gestorbenen oder wegen BSE getöteten Rinder auf Weiden verbrannt wurden. Die lodernden Feuer der verbrennenden Kühe haben mich richtig erschüttert, aber wahrscheinlich konnten die TKBA die große Anzahl Tiere nicht aufnehmen. In dem Dokumentarfilm wurde auch der lateinische Namen für die Abkürzung BSE genannt, mir gefällt es aber immer wieder, wenn du ihn ohne Schwierigkeiten aussprichst."

„Wenn es dich erfreut, will ich das gern nochmals tun, es heißt: `Bovine Spongiforme Enzephalopathie´.

Ab der 2000er Jahre ist die Anzahl der Neuerkrankungen an BSE europaweit stark zurückgegangen; scheinbar haben daran auch die neueren strengeren Verordnungen der EU einen gewissen Anteil. Auf dieser Grundlage gibt es in Deutschland seit 2004 ein neues Gesetz zur

Verwertung und Beseitigung verendeter Haustiere, von Schlachtabfällen, verdorbenen Lebensmitteln und Tiernebenprodukten, es heißt: Tierische Nebenprodukte-Beseitigungsgesetz (TierNebG). Danach ist exakt festgelegt, was nach entsprechender Behandlung verfüttert werden darf und was nicht. Außerdem gilt, dass gestorbene oder eingeschläferte Tiere an TKBA abgeliefert werden müssen. In einer Verordnung dazu ist die Ausnahme geregelt, dass einzelne verstorbene Haustiere in der Erde vergraben werden dürfen – allerdings nicht heimlich im Wald oder freien Gelände oder auch nicht in Wasserschutzgebieten. Viele Tierbesitzer wollen aber verständlicher Weise nicht zulassen, dass ihr gestorbener `Liebling´ in der TKBA landet; wenn sie auch kein geeignetes Gartengrundstück zum Begraben haben gibt es heute als Wahlmöglichkeit Tierfriedhöfe und sogar Tierkrematorien."

Joseph bringt hierzu schnell sein Wissen an: „Davon habe ich auch schon gehört und darüber gelesen. Private Unternehmen und Tierschutzorganisationen bieten diese Möglichkeiten der Tierbestattung an, sie beschreiben diese Einrichtungen sehr ausführlich und loben sie sehr. Mein Vater sagt aber, dass man all dies nicht übertreiben sollte, Tierbegräbnisse mit Seelsorger usw. lehnt er ab."

„Das muss ich bekräftigen, bei aller Tierliebe, die ich immer unterstütze, dürfen wir die Tiere nicht überspannt vermenschlichen.

In den 1970er Jahren berührte mich aber ein außergewöhnliches Erlebnis. In der DDR war die Tierschutzgesetzgebung in keinem gesonderten Gesetz geregelt sie musste nach den Bestimmungen des Veterinärgesetzes und den dazu erlassenen Anordnungen angewandt werden. Dabei hatten Nutztiere den Vorrang vor Heimtieren, die in der Regel besonders zum Vergnügen, aus Liebhaberei bzw. für Sport- und Freizeitbeschäftigungen gehalten wurden. Dem entsprechend wurden Tierschutzverletzungen bei Rindern, Schweinen und Geflügel strenger geahndet als bei Hunden, Katzen und anderen Heimtieren. So hatten Rowdys den Pudel eines vierzehnjährigen Mädchens zu tote gequält. Weil er durch Schläge und Fußtritte nicht starb hängten sie ihn mit einem Strick am Halsband an einem Baumast auf, wo ihn die Besitzerin fand, aber nicht mehr retten konnte. Die Übeltäter wurden nicht ermittelt, weil wohl auch die Polizei nicht gründlich nachforschte, es war ja kein Nutztier! Die Motive der Tierquäler blieben im Dunklen, Zeugen wurden nicht befragt, niemand bestraft und alles verlief letztlich im Sand. Nur das Mädchen blieb mit seinem Schmerz allein; es wollte das Tier gern begraben, die Eltern, Verwandte und Bekannte besaßen aber kein hierfür geeignetes Grundstück. Das Kind wollte absolut nicht, dass der tote Hund einfach in den Müll geworfen wurde. Ihr Vater schlug vor, ihn zum Tierkörperverwertungsbetrieb (TKVB) zu bringen. Das Mädchen hatte aber gehört, dass dort alle toten Tiere zwischen die Abfälle gelangen und entsetzlich zerkleinert werden; das schien ihm nicht besser als der Müll und lehnte auch dieses ab. Ein weiterer Verbleib des toten Pudels im Kellerraum des Mehrfamilienhauses war nach 3 Tagen nicht länger zu verantworten und der Vater kündigte an, ihn am nächsten Tag auch ohne Einwilligung der Tochter zum TKVB zu bringen. Hilfe suchend wandte sie sich an den Tierarzt, bei dem der Hund früher in Behandlung war. Er fand einen Tierfreund, der einen Kleingarten besaß und gestattete, dass der tote Pudel dort begraben wurde. Das Mädchen hatte damit sogar jemanden gefunden, mit dem sie fortan gemeinsame Tierschutzinteressen in der Öffentlichkeit vertreten konnte. In der Schule fand sie leider zu wenig Freunde, die wie sie sich für Tiere so leidenschaftlich einsetzten."

„Uropa, da bist du wohl dagegen, dass tote Heimtiere zur TKBA kommen?"

„Nein, für herrenlose Tiere oder in Fällen, wenn es um die Verhinderung der Ausbreitung von Tierseuchen geht ist diese Entscheidung erforderlich. Aber die Möglichkeiten, auf Wunsch Tiere zu bestatten oder in Krematorien zu bringen, sollten erweitert werden und auch staatliche Unterstützung finden.